U0609120

共和国故事

青春无悔

——全国掀起知青上山下乡运动高潮

陈栎宇 编写

吉林出版集团股份有限公司

图书在版编目（CIP）数据

青春无悔：全国掀起知青上山下乡运动高潮/陈栎宇编. —

长春：吉林出版集团股份有限公司，2009.12

（共和国故事）

ISBN 978-7-5463-1887-5

Ⅰ．①青… Ⅱ．①陈… Ⅲ．①纪实文学–中国–当代 Ⅳ．①I25

中国版本图书馆 CIP 数据核字（2009）第 237788 号

青春无悔——全国掀起知青上山下乡运动高潮

QINGCHUN WUHUI　　QUANGUO XIANQI ZHIQING SHANGSHAN XIAXIANG YUNDONG GAOCHAO

编写　陈栎宇

责任编辑　祖航　林丽

出版发行　吉林出版集团股份有限公司

印刷　三河市嵩川印刷有限公司

版次　2010 年 1 月第 1 版　　　2022 年 1 月第 8 次印刷

开本　710mm × 1000mm　1/16　　印张　8　字数　69 千

书号　ISBN 978-7-5463-1887-5　　定价　29.80 元

社址　吉林省长春市福祉大路 5788 号

电话　0431 – 81629968

电子邮箱　tuzi8818@126.com

版权所有　翻印必究

如有印装质量问题，请寄本社退换

前　言

　　自 1949 年 10 月 1 日中华人民共和国成立至今,新中国已走过了 60 年的风雨历程。历史是一面镜子,我们可以从多视角、多侧面对其进行解读。然而有一点是可以肯定的,那就是,半个多世纪以来,在中国共产党的领导下,中国的政治、经济、军事、外交、文化、教育、科技、社会、民生等领域,都发生了深刻的变化,中国人民站起来了,中华民族已屹立于世界民族之林。

　　60 年是短暂的,但这 60 年带给中国的却是极不平凡的。60 年的神州大地经历了沧桑巨变。从开国大典到 60 年国庆盛典,从经济战线上的三大战役到经济总量居世界第三位,从对农业、手工业、资本主义工商业的三大改造到社会主义市场经济体制的基本确立,从宜将剩勇追穷寇到建立了强大的国防军,从废除一切不平等条约到独立自主的和平外交政策,从"双百"方针到体制改革后的文化事业欣欣向荣,从扫除文盲到实施科教兴国战略建设新型国家,从翻身解放到实现小康社会,凡此种种,中国人民在每个领域无不留下发展的足迹,写就不朽的诗篇。

　　60 年的时间在历史的长河中可谓沧海一粟。其间究竟发生了些什么,怎样发生的,过程怎样,结果如何,却非人人都清楚知道的。对此,亲身经历者或可鲜活如昨,但对后来者来说却可能只是一个概念,对某段历史的记忆影像或不存在,或是模糊的。基于此,为了让年轻人,特别是青少年永远铭记共和国这段不朽的历史,我们推出了这套《共和国故事》。

《共和国故事》虽为故事,但却与戏说无关,我们不过是想借助通俗、富于感染力的文字记录这段历史。在丛书的谋篇布局上,我们尽量选取各个时代具有代表性或深具普遍意义的若干事件加以叙述,使其能反映共和国发展的全景和脉络。为了使题目的设置不至于因大而空,我们着眼于每一重大历史事件的缘起、过程、结局、时间、地点、人物等,抓住点滴和些许小事,力求通透。

历史是复杂的,事态的发展因素也是多方面的。由于叙述者的视角、文化构成不同,对事件的认知或有不足,但这不会影响我们对整个历史事件的判断和思考,至于它能否清晰地表达出我们编辑这套书的本意,那只能交给读者去评判了。

这套丛书可谓是一部书写红色记忆的读物,它对于了解共和国的历史、中国共产党的英明领导和中国人民的伟大实践都是不可或缺的。同时,这套丛书又是一套普及性读物,既针对重点阅读人群,也适宜在全民中推广。相信它必将在我国开展的全民阅读活动中发挥大的作用,成为装备中小学图书馆、农家书屋、社区书屋、机关及企事业单位职工图书室、连队图书室等的重点选择对象。

编　者
2010 年 1 月

一、 知青再教育的兴起

● 北京市发出《关于分配中学毕业生的通知》，强调动员"三届"毕业生上山下乡。

● 在周秉建离开北京的前一天晚上，周恩来和周秉建一起在地图上查找她插队的地方。

● 在天安门金水桥前，曲折带领 10 名青年，面对天安门城楼上的毛泽东像，庄严地宣誓。

老三届兴起上山下乡的热潮

1968 年 5 月 2 日，中央安置城市下乡青年领导小组办公室向国务院呈送《关于 1968 年城市知识青年上山下乡的请示报告》。

"报告"指出：

全国 66、67、68 年三届城镇初、高中毕业生近 400 万人，其中势必有大批人要走上山下乡这条路。下去要以插队为主，安置方式可多种多样。京、津、沪、浙需要跨省安排的，请国务院召开协作会议给予落实。

知识青年插队落户，受磨炼最大，最能体现知识分子与工农群众结合的光辉思想，但是阻力甚大，问题较多，工作确实艰巨。但不能动摇插队为主的方针。

这时，北京市也发出《关于分配中学毕业生的通知》，强调动员"三届"毕业生上山下乡。"通知"引用毛泽东在《社会主义高潮》一书中的按语：

一切可以到农村中去工作的这样的知识分

子，应当高兴地到那里去。农村是一个广阔的天地，在那里是可以大有作为的。

号召知识青年"自觉地报名下乡上山，服从国家的分配，到祖国最需要最艰苦的地方去"。

对于农业户口的毕业生，应迅速动员他们一律回乡参加农业生产。对城市居民户口的毕业生，凡农村有直系亲属的，应动员他们回乡；原籍在农村而有其他亲属的，也应积极动员他们回原籍插队落户，参加农村社会主义革命和社会主义建设。凡农村没有亲属的毕业生，各区县都应有计划、分期分批地组织他们上山下乡、下厂、下矿或参加边疆的工农业生产建设。

紧接着，山东省的济南市和青岛市及上海、贵州等省、市都相继动员知识青年到农村去。一个上山下乡的热潮迅速掀起。

1968年6月15日，中共中央、国务院分别发出一系列关于大、中专毕业生分配的通知。

通知规定：

1966年、1967年大专院校毕业生，包括研究生，一般都必须先当普通农民、普通工人，虚心向工农群众学习，使"知识分子劳动化"。根据具体情况，分别安排他们到解放军、地方和中央部门举办的国营农场去。

9月初，在天安门广场召开的群众大会上，周恩来也要求在场的青年"到基层去，上山下乡，到工矿和农村去劳动锻炼"。

11月15日，中央又发出通知：

> 要使他们坚定地走同工农兵相结合的道路，除了安排到解放军农场、国营农场外，还可以组织他们参加改造盐碱地、兴修水库等改造大自然的斗争，进行建立人民公社生产队的试点等。

同日，中共中央、国务院通知各地和有关部门，1968年中等专业学校、技工学校、半工半读或半农半读学校的毕业生，于11月开始分配。分配方向是走与工农兵相结合的道路，到农村去，到边疆去，到工矿去，到基层去，当普通农民、普通工人。

自中共中央、国务院提出关于"四个面向"的分配原则以后，据16个省、市、自治区的不完全统计，已有70多万名家居城镇的初高中毕业生上山下乡。

周恩来说服侄女扎根边疆

1968 年夏天，周恩来的侄女，不满 16 岁的初中生周秉建，自愿报名到内蒙古插队。

周恩来为此感到很高兴，在周秉建离开北京的前一天晚上，周恩来和周秉建一起在地图上查找她插队的地方。找准位置后，周恩来熟悉地说出了那里的气候、草场和民族特点等，然后语重心长地叮嘱周秉建：

> 到了草原，要注意和尊重那里的风俗习惯，要虚心向那里的牧民学习。要多想些困难，想得太简单了，遇到困难就容易动摇。

知道周秉建平时在家不吃牛羊肉，周恩来又鼓励她到牧区要锻炼着吃，不过生活关，就没法在那里扎根。

临行前，周恩来高兴地对周秉建说：

> 我坚决支持你到内蒙古草原安家落户。希望你沿着与工农相结合的道路永远走下去，和蒙古族人民一起建设好边疆。一定要迎着困难上，决不能当逃兵。

1968 年 8 月 13 日，周秉建从北京来到内蒙古锡林郭勒盟阿巴嘎旗的伊和高勒公社新宝力格大队当了牧民。从此，周秉建在牧区朝气蓬勃地生活着，战斗着。

可是不久，周秉建的心又被另一个美好的愿望吸引了。1970 年冬天，草原上开始征兵。参军，是周秉建从小就有的愿望。于是，她报名应征，并获得了批准，便急忙写了封信，告诉伯伯、伯母，她参军了。

1971 年元旦那天，周秉建穿着新军装，兴致勃勃地去见伯伯和伯母。不料，一进门，周恩来就冲着她说："你能不能脱下军装，回到内蒙古草原上去？你不是说内蒙古草原天地广阔吗？"

原来，周恩来知道周秉建参军的事情之后，曾派秘书到部队去了解周秉建是怎样参的军，是否有不正常的手续。

周恩来见周秉建有些思想不通，就亲切而严肃地对她说：

> 你参军虽然符合手续，但内蒙古这么多人里面挑上了你，还不是看在我们的面子上？我们不能搞这个特殊，一点也不能搞，应该让贫下中农、工人的子女到部队去，你在边疆是一样的嘛！

不仅如此，周恩来还让邓颖超亲自打电话给有关军区负责的同志，让他一定把周秉建送回去。部队领导还是想把周秉建留下来，以为拖几个月，周恩来也就不会再过问了。

没想到，周恩来知道这一情况后，很生气，他对有关部队领导说："你们再不把孩子退回去，我就下命令了。"这样，部队领导才同意让周秉建回到草原。

同时周恩来还对周秉建进行了耐心的说服教育，要求她还是回到草原，在那里干一辈子。怕周秉建的思想不通，周恩来还特意让邓颖超将《人民日报》介绍张勇事迹的文章《壮丽青春献人民》寄给她。

邓颖超在信中写道：

> 你伯伯和我一口气看完后，很受感动。她不仅是你们知识青年应该学习的好榜样，就是我们老一代也要向她学习。

周秉建看后很受感动。1971 年 4 月 8 日，经部队领导批准，周秉建离开部队愉快地回到了锡林郭勒草原。这件事使广大知青和干部群众深受教育和激励。

毛泽东号召青年接受再教育

1968 年 12 月 22 日，《人民日报》以《我们也有两只手，不在城里吃闲饭》为题，介绍了甘肃省会宁县部分城镇居民到农村插队落户的经验。

《人民日报》在编者按语中，援引毛泽东最新指示：

知识青年到农村去，接受贫下中农的再教育，很有必要。要说服城里干部和其他人，把自己初中、高中、大学毕业的子女，送到乡下去，来一个动员。各地农村的同志应当欢迎他们去。

《人民日报》的按语中还提出：

会宁县的城镇居民，包括一批知识青年，纷纷奔赴社会主义的农村，在那里安家落户，这是一种值得大力提倡的新风尚。希望广大知识青年和脱离劳动的城镇居民，热烈响应毛主席这个伟大号召，到农业生产的第一线去。

毛泽东最新指示一发表，全国立即沸腾起来了。北京、上海几十万人连夜上街游行，敲锣打鼓，热烈欢呼。

为了响应毛泽东的号召，1969 年 2 月 16 日至 3 月 24 日，在北京召开的全国计划会议决定，继续动员 400 万城市知识青年上山下乡。

2 月，中央安置城市下乡青年领导小组办公室召开了跨省区安置下乡青年协作会。

出席会议的动员地区有北京、天津、上海、浙江，接收地区有河北、山西、内蒙古、黑龙江、吉林、安徽、江西、陕西、宁夏、云南、贵州等 11 个省、区。

经过会议协商，落实当年跨省下乡安置 105.6 万人的任务。当时安排下乡地点比较困难的是北京、天津、上海三大城市及江苏、浙江两省农村人多地少的地区。政府的精神是把动员知识青年上山下乡同开发边疆、建设老区结合起来。

通过协商，1969 年 1 月份落实了 60 多万人的跨省、市安排下乡的任务。黑龙江省、吉林省、河北省、云南省、江西省、贵州省、安徽省接收各大城市知识青年 1.6 万人至 26 万人不等。

组织大批知识青年跨省、市下乡，有许多具体问题需要解决。

一个是交通问题。1969 年，组织第一批 31.5 万人去黑龙江、吉林两省时，单靠火车运输每天要安排两个专列，需要 5 个月时间，每天安排 3 个专列，也需要三个半月时间，显然不能适应当时形势。于是，上海市就动员海军军舰把该

市知识青年先运到大连，再从大连坐火车去黑龙江和吉林。

就这样，海陆运输全力以赴，到 3 月底，原计划运送 16.3 万人，也只运送了 3.8 万多人。

二是动员地区需要做冬衣，接收地区需要安排住处。除了国家专门拨去棉布和木材指标外，也需要动员各方面力量，打一场"人民战争"才能完成。

第三，解决思想问题也是个大问题。在大规模上山下乡形势下，不同于 1967 年上山下乡的那些青年，纯是出于自愿。作为分配毕业生去向的上山下乡，有相当一部分青年包括其家长持抵触情绪。正如毛泽东指出的，首先要说服干部带头。对于那些想不通的则要通过举办学习班，组织学习，打通思想。

北京、天津、上海，1966 年至 1968 年三届初、高中毕业生共有 134 万人，到 1969 年 5 月底，有 113 万多人走上新的工作岗位，接受工农兵的再教育。

在当时，全国城市动员工作进度很快，下乡趋势很猛，许多地方安置经费还没来得及拨下去，人已经先下去了。到 5 月，上山下乡运动形成高潮，多数省、市、自治区城镇 1966、1967、1968 届初高中毕业生基本分配完毕。

1969 年 10 月 1 日，党中央邀请 314 名上山下乡知识青年代表来京参加国庆观礼，这在广大知青中引起了巨大反响。这年是上山下乡运动最为波澜壮阔的一年，全国上山下乡的知识青年总数为 267.38 万人，创下知青运动史上历年上山下乡人数的最高纪录。

北京知青要求进行上山下乡

1967 年，北京的曲折、郭兆英、王紫萍、王静植、宁华、余昆、郑晓东、胡志坚、高峰、鞠颂东等 10 名初、高中毕业生响应党中央的号召，自愿组织起来上山下乡。他们的口号是：

> 遵照毛主席指引的光辉道路，下乡当农民、当社员，到三大革命斗争中去，到工农群众中去，到最艰苦的地方去，把自己锻炼成为坚强的革命接班人。

这 10 名知青的志愿，得到了北京市和内蒙古自治区的支持，他们被安排到内蒙古自治区西乌珠穆沁旗白音宝力格公社白音宝力格大队当牧民。因此，他们也成为当时第一批去内蒙古插队的北京知识青年。

1967 年 10 月 9 日，20 岁的曲折很早就起床了。这一天，他要带领着郭兆英、王紫萍、胡志坚、鞠颂东、余昆等 9 名同学来到天安门广场前，准备做离京赴内蒙古前的告别宣誓。这是一次自发的行为，但出乎意料的是，天安门广场上已经聚集了上千名赶来送行的同学，还有北京市劳动局专门组织的欢送队伍。

在热闹的气氛中，在"热烈欢送知识青年上山下乡"的横幅下，在天安门金水桥前，曲折带领其他青年，面对天安门城楼上的毛泽东像，庄严地宣誓：

> 最敬爱的毛主席，我们遵照您的"知识分子与工农相结合"的伟大指示，迈出了第一步，我们将循着这条革命大道一直走下去，走到底，永不回头！

宣誓完后，他们都觉得要去进行一项很伟大的事业，所以心里都充溢着一种崇高的使命感。

后来，在回忆当时的情形时，曲折说：

> 其实，在上初中时，就曾萌发过到农村去的想法，当时由于学校老师的劝阻，没有实现。后来，在上山下乡的知识青年榜样邢燕子、侯隽、董加耕、赵耘等感召下，我们都认为，一方面是我们需要和工农的结合来提高自己，二是我们可以用自己的知识来改变农村的面貌。

在北京市劳动局的协调下，曲折最终确定了插队的方向：内蒙古锡林郭勒盟西乌珠穆沁旗白音宝力格公社。

按照曲折的描述，他当时是"兴高采烈"地离开北京的，没有半点不舍家里的心情。甚至，他是把户口取出来，在走的前几天才告诉的父母。

10日上午，人民日报社、北京日报社派出记者采访了曲折一行中学生。

同一天，曲折一行10人乘车出发，到达河北张家口。在张家口驻军军部，这10名知识青年接受了革命传统教育。符先辉军长给他们讲了长征故事，希望他们时刻准备着迎接困难，不管有多大的困难都要有乐观主义精神。

11日早晨，曲折等10名青年从张家口出发前，听到了电台广播中正播放他们赴边疆插队的消息，大家备受鼓舞。10月14日，他们坐车到达内蒙古草原。此时，内蒙古已经是秋季，一眼望过去，到处都是满目苍茫的景象。看着车窗外大面积的黄草，曲折兴奋地对自己说："这才是适合我施展才华的地方，太适合我了！"

曲折等人的下乡行动得到了来自中央的肯定，《人民日报》、中央广播电台、《北京日报》等媒体都作了显著的报道。《人民日报》还以"走同工农群众相结合的道路"为题，发了评论员文章，赞扬他们的壮志豪情，为广大知识青年作出了榜样。

首都10名中学生下乡当牧民的消息，很快传向全国。北京、上海的中学生一批批地申请到农村去、到边疆去，与工农相结合。从此，拉开了上山下乡运动的序幕。

10月14日傍晚，曲折一行10人终于到达白音宝力格公社。草原生活超出了曲折的想象。本来，他们是准备到"没有吃，没有喝"，生活艰苦的地方去。但是到了这里，一股新鲜的、淳朴的草原风情向他们扑面而来。热情的牧民从几十里外骑马来看望他们，送来了奶豆腐、炒米，为他们烧奶茶……蒙古包里挤满了牧民，为他们召开了别开生面的欢迎会。

知青刚到草原后不久，都被分配到牧民家里住，在年轻的牧民桑布的强烈要求下，曲折住到了他的家里。

第一天到桑布家，桑布怕曲折寂寞，就把他的妹妹也叫过来，加上桑布的妻子吉米色，他们唱啊笑啊。但曲折后来回忆时说："我不懂蒙文，桑布一家不懂汉文，大家说了什么其实都不知道。"

在桑布家住了3个月后，曲折就与另一名知青搬到了一位老人家里住。这位老人孤身一人生活，他们和老人在一起相处的时间长了，关系就如同父子一样亲。

到了草原后，不久，曲折就决定办一份《草原新牧民》刊物。曲折认为"新牧民"与"老牧民"的不同之处在于知识。但是只办了几期，他觉得这份汉文刊物对只会蒙文的牧民来说影响不大，就停刊了。

为了把知青们联系在一起，曲折又找了一个硬皮的日记本，做了一份"知青日记"。10个知青每人写一天，10天一个循环在知青里传递。

这本日记里记录的大多是他们自己的工作学习的体会，对问题的讨论，或是对某个知青的批评。有的被批评的知青为了表明坚决改正的决心，甚至在日记中写下血书。

当时，知青已经分散地住到了牧民家，知青之间最远的距离有四五十里。但在曲折眼里，这不算什么困难，在空旷的草原上策马扬鞭，也许一盏茶的工夫，日记也就传递到了。

草原辽阔，人烟稀少，寂寞是知青们普遍都要面临的问题。但他们这 10 个知青都很忙，是来不及寂寞的。

在草原上，生活是艰苦的，往往一两个月甚至更长的时间洗不了一次澡，于是身上就会长出许多虱子，浑身痒得难受。但就是在这样的条件下，曲折和其他知青们身体都很好，很少有人生病。而且，曲折与这个公社的知青们几乎没有经历过饥饿。

曲折当时每个月有 12 块钱的收入，包括肉食、奶食与粮食，吃饭花 6 元多，穿衣平均每个月 2 元。1968 年底，曲折还向公社捐献了 300 元。

后来，曲折被调到锡林郭勒盟工作，离开生活了 4 年的草原。当曲折回忆起这段与羊群为伴的日子时，心中还是充满快乐。他说：

　　对于插队草原的知青们来说，生活在草原的日子是一段充满理想，朝气蓬勃的生活；知青们也是一个有追求、情操高尚、健康积极的群体。尽管已经离开几十年了，知青们与那片大草原的感情却是终生都割舍不断。

周恩来支持中学生去云南

1967 年 1 月 4 日，国务院总理周恩来在工人体育场，接见文艺、教育、新闻、体育工作者和上山下乡知识青年大会上讲话时，他对下乡青年说：

你们的岗位是在农村中……你们可以做很多事情，在农村中为农民服务，宣传毛泽东思想，很好地抓革命、促生产。

北京的青年坚定了信心，他们决心面见周总理，亲口向总理表达他们决心去边疆的愿望和要求。

11 月 27 日晚上，周恩来在人民大会堂接见首都各界群众代表。

当时，北京市东城区的一批中学生，决定借这个机会直接向周恩来提交去云南的申请。

焦急等候消息多日的何龙江、林力、张劲辉、张春荣 4 位同学，急奔人民大会堂，一眼看见了周总理正在会议室里听取代表们的汇报。但是他们突然发现，因过度激动竟忘了带早已准备好的写给周总理的报告。怎么办呢？他们只好跑进小会议室里，从笔记本上撕下一页纸，写下了如下铮铮誓言：

我们自愿到云南西双版纳参加三大革命运动。我们现在已经做好了充分准备，只等党中央一声令下，我们就奔赴边疆！请周总理下命令吧！

散会后，4个年轻人看见周总理走出了会议室，立即迎了上去，双手捧上他们刚刚写好的誓言，激动地说："总理，我们是北京的中学生，要求到云南边疆去，这是我们的报告。"

周恩来亲切地问道："你们是哪里的?"

大家一致回答："我们是首都的中学生，为了建设边疆、保卫边疆，为了发展祖国的橡胶事业，自愿到云南边疆做一名农垦战士。"

周恩来接过他们的申请书，在手中扬了扬，高兴地连声说："好哇，支持啊!"

第二天上午，一直守候在电话机旁的苏北海、何龙江、王树理3人，突然接到北京市有关部门打来的电话，要他们立即赶去。

苏北海等人刚走进接待室，工作人员就告诉他们："你们的要求，周总理批准了!"

他们看见工作人员递过的报告上方，周总理亲笔批下了：

富春、秋里同志可考虑这个要求，请与北京市革委会联系一下。

接下来是李富春副总理的批字：

是否与云南取得联系。

这份盖有中央办公厅（67）6770 号编文印章，被列为中央传阅文件的报告，见证了一个特殊历史时期，北京青年"敢为天下先"的一个壮举。

早在 1967 年 4 月，这群中学生就自行组织起来，寻求上山下乡的路子。他们曾两次南下调查，最终选定到云南西双版纳去参加祖国橡胶生产的开发事业。

后来经过两地政府的协商，1968 年 2 月 8 日，55 名北京中学生来到天安门毛主席像前宣誓辞行，告别首都。

北风呼啸，寒风刺骨，55 名北京知青踏上了征途。列车迎着寒风向南、向南……在他们的发起带动下，北京、上海等市的一批批知识青年纷纷奔赴云南支援边疆，加入新组建的云南生产建设兵团。

他们肩负"屯垦戍边、建设边疆、保卫边疆"的历史使命，凭锄头砍刀，逢山开路，遇水搭桥，风餐露宿，垦荒种胶，用智慧和汗水、鲜血和生命将昔日的蛮荒之地变成了一片生机盎然的胶园，为建设祖国第二个天然橡胶基地作出了卓越贡献。

二、 北京知青奔赴延安

● 周秉和拿着伯父、伯母送的插队礼物，带着革命前辈的殷切希望，满怀热情地登上了西去的列车。

● 他们有的扶犁，有的撒粪，有的点籽，有的耱地，结果风扑全身，尘土裹面，只露双眼、一对牙齿，个个成了"土人"。

● 后峪沟的乡亲们敲锣打鼓，张灯结彩，兴高采烈地迎接远行的张革归来。

周恩来支持侄子赴延安插队

1969 年 1 月 7 日，满载北京知青的第一趟专列从北京出发奔向延安。

原来在 1968 年初冬的一天，北京三十五中写出 "67 届初中毕业生可以报名去延安插队" 的通知。

看到这个通知，同学们热情很高，刚满 17 岁的周秉和当即决定下去插队。可是，他事后又犹豫起来，因为当时家境很不好。家中兄弟姐妹都在外地工作或插队，仅剩他一个人陪母亲在北京。如果他再离京，家里的事就帮不上了，而当时母亲身体不好，此时离家是否妥当，周秉和一时没了主意。

周秉和这时冒出一个念头来：为何不去找伯伯周恩来谈谈想法。于是，他拨通了中南海西花厅的电话，约定了和伯伯周恩来会面的时间。

当时，周恩来很少私人会客，即使是亲属见面的机会也很少。当周恩来知道他要报名去延安插队的消息后，破例邀周秉和去他那里一起吃晚饭。

吃完饭，周秉和提起去延安插队的事，当时他心情还有点紧张，急切地想听听周恩来对此事的看法。

周恩来沉思片刻，微微抬起头看着周秉和，关爱的目光中露出赞许的眼神。然后，略微提高了一下声音对他说："插队是你自己定的？好！"

这时，周恩来笑了起来，并会意地和邓颖超点了点头，又一字一句地说："我们支持你去延安。"

提起延安时，周恩来和邓颖超便情不自禁地流露出怀念的感情。

周恩来深情地回忆起战争年代，延安老百姓对人民军队的支援，以及军民团结最终战胜敌人成立新中国的历史，并告诫周秉和一定要继承发扬艰苦奋斗的延安精神，要有吃苦的思想准备，勉励他向贫下中农好好学习，向延安人民学习。

周恩来对周秉和说：

> 你能响应毛主席的号召，到陕北农村插队落户，我和你七妈非常高兴。陕北是毛主席领导我们生活战斗了 13 年的革命圣地，陕北民风淳朴，群众忠厚善良。陕北的人民为中国革命的胜利作出过巨大的贡献和牺牲。
>
> 我已经 20 多年没有回到过延安了，对那里的情况了解不多了，对你能到那里插队生活，我和你七妈坚决支持。希望你能在那里，虚心接受贫下中农的再教育，锻炼改造思想，过好思想关、劳动关和生活关，做好生活艰苦和长期落户的心理准备。有困难和问题经常来信，我和你七妈等你的消息。

邓颖超说：

> 陕北的生活很艰苦，各方面的物质条件无法与大城市相比。当年我和你伯伯到陕北后，卫生条件差，身穿的衣服里都长了虱子，可我们都管它叫"革命虫"！你可要做好长"革命虫"的思想准备。

邓颖超还关照周秉和说：

> 到陕北常来信，你伯伯工作太忙，有困难我来管。你妹妹秉建 1968 年夏天到内蒙古牧区插队时，我已将家里唯一的半导体收音机送给了她，现在只好给你一些钱，自己去买台收音机，以便在山沟里也能随时了解国家大事，跟上发展形势。

1969 年 1 月 9 日，周秉和拿着伯父、伯母送的插队礼物，带着革命前辈的殷切希望，满怀热情地登上了西去的列车。

1969 年，有两万多名北京知识青年响应党中央"广阔天地，大有作为"的号召，风尘仆仆、满怀激情地来到延安革命圣地农村插队落户，成为新中国成立后第一代新式的、有文化的农民。

早在 1968 年 12 月 15 日，延安地委为了迎接北京知青来延安插队，就派出高明池等 60 多人组成工作组，赴北京协同北京方面工作。同时，在延安还设立了延安师范迎接北京知青接待站和铜川迎接北京知青转运站。

为了迎接北京知青来延安，延安及所属各县均高搭彩门，悬挂起一幅幅"热烈欢迎北京知青来延安插队落户""广阔天地，大有作为""坚决贯彻毛主席知识青年到农村去的伟大指示"等横幅。

这项工作延续了 40 多天，每两天从北京发一个专列，直到 2 月初。

当时，共有两万多名北京知青满怀豪情壮志地到延安插队。

北京知青奔赴延安

023

北京知青在延安接受锻炼

1969 年 1 月 8 日，第一批北京知青到达延安。当满载北京知青的解放牌大卡车开进延安时，夹道迎接的人群汇成了欢乐的海洋。

1969 年 1 月 8 日，30 多名北京知识青年踏上了枣园这块神圣的土地。

刚到时，北京的知识青年们人人身穿整洁的军装，个个白中透红的脸蛋上，透露着淳朴的气息，朝气蓬勃，风华正茂。

对知青们的到来，乡亲们都感到非常稀奇，特别亲切，把他们三三两两迎进了门，问寒问暖，倒水做饭，并将他们一部分安排在半山洼上的 5 个石窑洞里居住，一部分安排在社员的家里居住。

当时，延安虽然穷，但人民热情淳朴。他们像对待亲生孩子那样教知青们生活。知青刚到队里时，队里安排专人为知青们生火做饭、打理床铺、购置灶具、配制劳动工具。

知青们的适应能力也很强，没过几天就熟悉了环境，并开始自己动手生火做饭，参加劳动了。一开始不会烧柴，饭总是做不熟，慢慢地都学会了。

知青们和延安的乡亲们一样拿锄拿锨扛镬头，上山修梯田、进沟打坝，晴天一身土，雨天一身泥，积极地投入到改天换地的劳动热潮中去。

在同延安的乡亲们一起艰苦奋斗的生活中，知青们不仅学会了独立生活，也学会了克服困难。

在这块黄土地上的每道沟岔，每块土地，都有他们的脚印和汗水。凡是农村的脏活、累活他们都干过。包括刨地、挖土、推车送粪、背粪、背庄稼、犁地、种地、锄草、松土。甚至夜间打坝、打场、脱粒，下茅坑淘粪，从延安城内赶毛驴拉茅粪等他们都干过。

男知青们尤其能吃苦，经常和乡亲们一起挽着裤腿跳进茅坑挖大粪，一起从山上往山下背庄稼。

一次，在夏季收麦子的时候，他们从山上往山下背麦子，一个毛驴一次只驮 11 捆，几个知青却每人一次就背 12 捆，捡麦穗的小学生惊奇地说："你们比驴还驮得多啊！"

还有一次，知青们在远离村庄的后山上种荞麦，由于当时天干风尘大，他们有的扶犁，有的撒粪，有的点籽，有的糖地，结果风扑全身，尘土裹面，只露双眼、牙齿，个个成了"土人"。中午，他们只喝半罐米汤，吃两块玉米窝窝，就又开始耕耘，一天下来乐呵呵，谁也没叫过一声苦。

女知青们也一样不怕吃苦。有一次，在上山收麦子时，突然下起雨来，山路又窄又陡，路滑很难走，要是在以前，北京晴天都不敢走。可是，有 3 个女知青还是坚持和社员们一样，背着麦捆走下山。

她们在去延安参观时，还不忘队里的生产，特意推上粪车为队里带回一车粪。

就这样，北京知青们从不叫苦不叫累，起早贪黑地跟着社员乡亲们不停地劳动。他们用延安的精神，用广大农民群众勤劳吃苦的精神，鼓舞着自己，鞭策激励着自己在广阔的天地中前进。

北京知青在接受再教育的过程中，还把科学文明带给了农村。

他们给农民传授科学知识，讲山外的许多新鲜事，使千百年来面朝黄土背朝天的陕北农民开阔了眼界，增长了见识，从思想到生产再到生活，都悄悄地开始了转变。

在当时，延安一些偏远山区的农民种地不敢用化肥，生怕化肥烧死庄稼，是知青们耐心给农民讲道理，带头种试验田，逐步教会了农民使用化肥。

延安农村把女人叫作"窑里人"，还有一条不成文的规矩，"窑里人"不得下地干活。

这条旧风俗却被北京女知青张平妮带头打破了。

张平妮插队陕北延安县河庄坪大队后，她与当地的16名姑娘一起组建了一个女石匠队。

在张平妮的带领下，女石匠队英姿飒爽，甚是能干，在短短10个月时间内，就凿出了3000立方米石料，修成了一条1200米的水渠，在当时被传为佳话。

后来，延安市文化馆还以她们的事迹为素材创作了一首名叫《延河畔上的女石匠》的歌，被当地人民群众广为流传。

1970 年 4 月，延安地区知青办通过各级组织召开会议、举办学习班等方式，认真传达了党中央、毛泽东、周恩来对青年工作的指示，进一步提高各级领导对知青上山下乡重大意义的认识。

从 1970 年 4 月至 1971 年 3 月，全区举办各种学习班 1.9 万多期，参加学习的达 42.5 万人次。组织 18.8 万多人参加的宣传队，印发《复电》11 万份，使《复电》精神和周恩来指示基本达到家喻户晓。

延安地区知青办在北京知青插队的 12 个县，普遍开展"三查"活动：查再教育的组织领导和思想政治工作是否落实；查插队青年的生产和生活是否安排妥当；查安置经费使用是否合乎规定。他们边查边整改。

通过"三查"，各知青点普遍建立了"学习日"，地、县、社每年要召开一次上山下乡知青积极分子代表大会，插队青年分期分批地徒步赶赴延安革命旧址，进行参观学习等。

同时，在有知青的公社、大队设置管理知青的专干，对生活和住房有困难的知青进行摸底排队，提出解决问题的办法。

地区党政领导还亲自深入延安县柳林生产大队和北京插队知识青年座谈，了解生产、生活问题，帮助他们解决实际困难。

延安地区知青办根据中央 26 号文件中"关于严厉打击破坏知青上山下乡犯罪活动的规定",在全区范围内开展了检举、揭发坏人、坏事的活动,依法处理了一批犯罪分子,保证了知青的健康成长。

1971 年 11 月 11 日至 1972 年 1 月 5 日,延安地区知青办组织"延安地区北京插队知识青年赴京学习汇报团",在北京市 9 个城区举办了 126 场报告会,有 20 多名优秀知青向首都人民汇报了他们的成绩;很多知青演出了反映延安革命传统和知青生产、生活、学习的文艺节目。

同时还举办了"北京知青在延安锻炼成长"图片展览,走访知青家长和知青带队干部家属,并举行多场座谈会。

汇报团进一步宣传了毛主席关于知青工作的指示,增强了北京和延安人民的感情与交流,取得了首都人民对知青上山下乡工作的广泛支持。

北京、陕西等各家新闻媒体,对"延安地区北京插队知识青年赴京学习汇报团"的活动,也作了广泛的宣传,营造了知青上山下乡的良好氛围。

延安地区还充分发挥了 1200 多名北京干部的积极作用。北京支援延安的干部都是经反复挑选派到延安来的德才兼备的干部。

延安地区知青办在地和各县、公社都安排了一名北

共和国故事·青春无悔

京干部代表，地委和有些县委还吸收北京干部代表进入常委，协助各级党委和政府抓知青工作。同时县、公社政府指定专人负责联系各知青点的北京干部，不定期地召开座谈会，听取他们的批评意见。

北京支援延安的干部，还以公社为单位定期召开碰头会，相互交流知青管理教育的情况和经验。

他们肩负北京市人民的重托，牢记延安人民的期望，扎根最基层，坚持在生产队与北京知青和当地农民同吃、同住、同劳动，积极解决知青管理教育中的诸多矛盾问题。对于生产队发生的问题，他们也都给予认真对待，配合当地政府妥善地加以处理，使知青上山下乡的工作有了坚实的基础，面貌焕然一新。

广大农民都亲切称他们是"毛主席派来的好干部"。

1970年，在"延安地区插队青年工作座谈会"精神传达后，北京知青心情激动、斗志高昂。他们决心按照毛泽东和周恩来的教导和延安人民团结一致，为彻底改变延安贫穷落后的面貌贡献青春。

北京知青们在宣传、贯彻、落实"座谈会"精神的过程中取得了一个个新的成果。在科学种田方面，仅北京知青与当地农民种植试验田就达2900多亩。

黄龙县柏峪公社有个村子，14名北京知青顶风冒雪苦战一冬，硬是在冰冻如磐的乱石滩上开出了一片水田。

后来，他们又和贫下中农一道苦干10个月，建成一座小水电站，村民们第一次尝试到了点灯不用油的滋味。

甘泉县大庄河生产队的知青和贫下中农一道，在偏僻的深山沟里办起了广播站、夜校、供销站；种植了农作物和中草药试验田；成立了机械组，把一台报废的柴油机改成发电机，在村里实现了米面加工机械化，使落后的深山沟里呈现出一派兴旺景象。

北京知青汪桂兰从北京第一师范学校毕业后，到延安农村插队落户，20世纪80年代初国家落实政策时，她放弃回城返京的机会，为山区教育耕耘了30多年，成为当年一起插队的知青中扎根在黄土高原教书的知青。

1968年，在党中央上山下乡的号召下，16岁的张革也满怀一腔热血和激情，告别了亲人和繁华的北京城，来到了陕西省宜川县寿峰乡后峪沟村安家落户。

1968年的年底，一场大雪刚过，张革和9名稚气未脱的同伴，身着革命装，肩背黄挎包，靠着5条毛驴驮着行李，行走了几十里崎岖的山路，住进了点着煤油灯的土窑洞，开始了他们人生的又一个历程。

后峪沟，这个当时只有100多口人的小山村，千百年来，人们日出而作，日落而息，面朝黄土背朝天，依靠少量的河滩地和洼地勉强度日。这里不通公路、不通电，与外界处于半隔绝状态。

从知青来的这一天起，宁静的小村庄顿时被一帮操着京腔，处处充满好奇心的城里人搅得躁动起来。

这帮操着京腔的年轻人反套着毛驴磨面，误把小麦当韭菜吃等，闹出了不少的笑话。但不久，他们便慢慢适应了这里的一切，完全把自己融入群众中去，成为名副其实的农村人。

面对艰苦的环境，要生存就必须付出，劳动成了他们唯一的选择。满怀一腔热血和激情，张革和乡亲们一样下田劳动，下河挑水。他不会使用农具，锄头常常磨破了双手，鲜血染红了锄把。他干活特别卖力，经常光着膀子，皮肤晒得黝黑，乡亲们亲切地称他"黑娃"。

每当夜幕降临，性格活泼开朗的张革，在昏暗的煤油灯下，向大家讲述北京城的故事，他说话有时带点结巴，每每讲到关键时就会"卡壳"，惹得大家哄然大笑。有时，他又拉起手风琴，同大家唱起革命歌曲，神态如痴如醉，感染着乡亲们。

就是这样的生活，张革在后峪沟度过了3年时间。

3年的日日夜夜，岁月消磨掉了他身上最后的一点稚气，使他从一个活泼可爱的少年，成长为一个地地道道的青年农民。

3年里，他把山外文明传递到了后峪沟，使这里的人们知道了外面的世界，也使年轻人耳濡目染，对未来的生活充满了憧憬和幻想，思索着改变命运的良方。

1972年，咸阳市武功县国防五七零二厂一纸招工通知书，使张革有机会告别这艰苦的生活环境，成为工人的一分子。

乡亲们怀着依依不舍的心情，送了一程又一程，目光中饱含着眷恋，但谁都不忍心说一声"你留下"。

3 年的历练，使张革养成了吃苦耐劳的习惯。

进入工厂，张革勤于钻研技术，勇于攻克难关，处处乐于助人，深受工友们的喜爱。不久张革便被选为车间党支部副书记，成为重点培养对象……

在那个年代，当一名工人是令无数人羡慕的职业，工厂优越的生活条件，同农村形成很大的反差。作为一名有前途的青年工人，在党支部副书记的岗位上应该大有作为。但是，越是安逸舒适的生活环境，越容易造成人精神上的失落感。

后峪沟 3 年的劳动锻炼，张革已经把自己的生命融入这片土地，常常使张革魂牵梦萦。

在咸阳市武功县当工人的一年里，张革经常搭车到杨凌农科城学习农业科普知识，思索着如何提高村里粮食产量的问题。

1973 年，周恩来视察延安时，看到新中国成立后 20 多年，老区人民战争的创伤没有得到根本医治的情况，伤心地说："我这个总理没有当好，对不起老区人民。"他对当时的延安地委领导提出了"要三年变面貌，五年粮食翻一番"的指示。

周恩来的殷切期望，更激发了张革二次插队的决心，他三番五次向组织提出申请，要求重返后峪沟，同那里的群众一起战斗，改写贫困历史，让乡亲们过上好日子。

面对工友们的再三劝说，张革为之一笑。

组织也被这位固执的年轻人的真诚所打动，终于批准了他的请求。

1973 年，后峪沟的乡亲们敲锣打鼓，张灯结彩，兴高采烈地迎接张革归来。但是，如此的场景，却使张革更加心事重重。

为后峪沟寻找一条致富的路子并付诸实施，是他二次返乡的重大使命。

这是他的理想，也是对组织的承诺。

回乡后，村民们信任他，也对他寄予了无限的期望，先后选举他担任生产队长、大队党支部副书记。

充足了电的张革信心倍增，干劲十足。在以后的 9 年里，他带领群众把自己描绘的蓝图一个一个变成了现实。

先解决电的问题，让乡村亮起来。

这在当时，农村的人们连想都不敢想。远离大电网，路途遥远，加上大山的阻碍，架线拉电是不可能的，怎么办？

张革胸有成竹，寿峰公社有的是水资源，建设小水电站是一条捷径。他从外地请来专家勘察选址、设计，很快有了方案。电站工程概算 50 万元，这么一个天文数字，没有钱，怎么办？

张革利用知青特殊的身份，靠着坚韧不拔的毅力，四处寻求社会的援助。

他带着乡亲们的期望，拖着带病的身体，冒着刺骨的寒风，徒步 50 多公里来到县城。

为了节省 1 块 5 毛钱的住宿费和两毛钱一碗的饸饹面，他困了就在宜川汽车站候车室打个盹，饿了就啃一口自带的干粮充饥。

饥饿、寒冷没有使他退缩，两年多时间里，他先后几次下西安、上北京、去四川，两个春节都是在火车上度过的。

功夫不负有心人，张革的执着、真诚打动了无数善良的人们。

延安行署、省知青办、陕北建委、四川万县、北京知青办纷纷伸出援助之手，给他们送来电机、电线、照明材料、一辆解放牌汽车和部分资金，解决了电站施工的燃眉之急。

电站进入施工后，预想不到的难题接连不断。引水要凿一条 300 米以上的隧道，没有机械，他就组织青年基建队，靠人工点炮开石。

一次施工中，一名青年被碎石碎片刺破了眼，鲜血直流；另外十几条生命也险些丢掉。艰难的施工环境使两个老人畏缩了，他们从工地叫回了自己的孩子。

张革闻讯后匆忙赶来，跪在老人们的跟前，求他们予以支持。还有一次，几个青年实在撑不住了，要下山，正被胸膜炎、肺结核折磨着的张革闻讯后，立即拄着拐杖爬到山上，他一边跪在地上，用铲子铲土，一边对青工们说："不能走！后峪沟的电站就靠大伙了。"

周围的青年见状，含泪拽起张革，大伙又干了起来……就是这样，张革感动了乡亲，从而不使工程半途而废。

3年多的时间，张革同村上的年轻人一起奋战，过度的操劳使他患上了肺炎和腰肌劳损，一次从山崖上掉下来，差一点把命搭上。

此时的张革已经是大龄青年了，乡亲们让他早点成婚，他总是说："电站建不成，不结婚。"

知青大规模返城，他却无动于衷，在群众大会上他讲道："只要我活着，就一定要把水电站建成。"

在经历了4年难熬的日日夜夜后，1980年8月1日，一座150千瓦的小水电站终于建成了。明亮的电灯泡给后峪沟、桌里村带来了光明，漆黑的夜晚出现了欢乐，出现了笑声。

同时，张革又购回卫星地面接收机和电视机，使乡亲们第一次看到电视，看到了五彩缤纷的外面世界，这一时刻在黄河沿岸的山村里整整提前到来了15年。

后峪沟祖祖辈辈靠吃白水河水生存，由于地处林区，水质较差，每遇山洪暴发，河水浑浊，人畜无法饮用。

为了寻找好的水源，就在建电站的同一个时期，张革扛着镢头，钻山下洼，最后组织村民架起了1514米的钢管，从豹子沟把清澈甘甜的泉水引进了村里。

当地群众为了表达对张革的感激，他们编了信天游式的民歌歌唱张革：

喝一口那清凉凉的山泉水，我不由得忆呀

忆呀忆张革……

1973 年 10 月，张革动员乡亲们平整土地，修建梯田，从关中户县购回苹果树苗，组织 5 个自然村的村民，白天顶着烈日挖坑，夜晚挑着马灯栽树，在宜川率先发展种植业，建起了 20 多公顷的果园，挂果后每年收入 20 多万元。

张革还从外地引进良种玉米、小麦，推广科学种田，使单产由原来的 150 公斤，提高到 400 公斤，短短 3 年时间，大队的粮食产量就翻了一番。

张革从志丹县双河乡买回 2500 只山羊，从陕南买回 400 头母牛，在各个自然村建起了养猪场。

1979 年，张革带领村干部到山西考察，购回 1 万多株薄皮核桃苗，栽植在山山洼洼，并购买了几台三联泵，把水引到山上，浇灌核桃、花椒。

张革为后峪沟村描绘的蓝图，伴随着辛勤的劳动，一步步得以实现。

到 1979 年底，后峪沟 5 个自然村的农民人均纯收入率先在寿峰公社达到 410 元，达到了群众有粮吃、有钱花的目标。

张革也被共青团中央授予"全国新长征突击手"称号，并当选为全国青联委员。

在当时，北京的知青们对延安的经济文化建设，及未来的发展作出了巨大贡献。

类似这种感人至深的生动事例不胜枚举。

自 1968 年北京知青到延安插队以来，北京知青在各级党组织和延安人民的领导帮助下，在各项革命活动中经受了锻炼，发挥了生力军作用。

孙立哲在延安开创窑洞医院

孙立哲的父母都是清华大学的教授。20 世纪 60 年代末，孙立哲正在清华附中上学，那时，他的理想是当数学家。

1969 年 1 月，孙立哲和全国千万下乡的中学生一样，到农村接受再教育，到陕西省延安地区延川县关家庄公社官庄大队下乡插队。

当时和孙立哲一起到延川关家庄插队的，还有后来成为知名作家的史铁生。

孙立哲跟史铁生，一开始都被乡亲们认为是赤脚医生。

他们到村里的第二天就有人来找孙立哲看病。第一个病人是个老太太，她发烧、发冷，满脸起红斑。孙立哲翻完了那本《农村医疗手册》说了一声："丹毒。"

于是大伙把从北京带来的抗生素都拿出来，把红糖和肉松也拿出来。

老太太以为那都是药，慌慌地问："多少价？"

大伙回答："不要钱。"

老太太惊诧之间已经发了一身透汗，第一轮药服后病已好了大半，单是那满脸的红斑经久不消。

孙立哲再去看书，又怀疑是红斑狼疮，这才想起问问病史，老太太摸摸脸："你是问这？生下来就有。"

后来，他们发现此地有很多病人。那个地方又缺医少药，知青们就把自己的药品，包括红糖、白糖都聚集起来了。

不久，村里爆发了一场斑疹伤寒，村里的主要劳动力大概有一半在床上躺着发高烧，知识青年有两个也在发高烧。

他们为了解决这个问题，就不断地商讨、学习《农村医疗手册》，用自带的药品，控制住了这场流行病。

从此，孙立哲靠一本《赤脚医生手册》开始自学，他跟史铁生学会了针灸，用北京带来的药品开始给老百姓看病，当起了村里的赤脚医生。

有一次，邻村的一位村民因为打架，想不开上吊了。孙立哲去的时候已经是放在床板上，准备办理后事了。一大群人黑压压的。几个老汉抽着烟商量着。

孙立哲第一次遇到这种情况，也慌得不得了。开始扎什么针都没用，他最后在村民脚上涌泉穴扎了一针，扎左脚的时候，村民的脚抽搐了一下，于是他在村民的右脚又扎了一针，只听村民喉咙里突然"喔"的一声。这时，孙立哲赶紧听心脏，发现心脏是跳的。其实，这个人并没有死，只是老乡们认为已经死了。

孙立哲把"死人"扎活了。从此，当地的人一传十、十传百，孙立哲"神医"的名声传遍了周围的地区。

还有一次，孙立哲治疗一个瘫痪病人，当时就扎好

北京知青奔赴延安

了，不瘫了。

当时，由于陕北农村极度地缺医少药，村里的急性病人往往死在送往县医院的路上。

作为赤脚医生的孙立哲感到很自责，这也激发了他力图改变现状的斗志。

孙立哲产生了在村里实施外科手术的想法，而且决心付诸行动。

在回北京探亲时，孙立哲找到了在北京一家医院工作的姐姐。他在医院里见习了一个多月，学习了外科手术的基础知识。

返乡后，孙立哲和伙伴们先在小动物和自己身上做试验。

1970 年，孙立哲在村里的支持下，在村头上的窑洞里建立了一个手术室，办起了医疗站。他们自制蒸馏水，自制中草药……

孙立哲第一例手术，是给大队书记高凤刘爱人做腹膜炎手术。在村里，大队书记高凤刘一直都支持知青办医疗站。可是这一次他爱人突发腹膜炎，是往医院送，还是冒险让孙立哲做手术，高凤刘心里也没底。

这是一个人命关天的大手术。在那个时候，那个环境里，一是设备不行，土窑洞里连电灯都没有，得拿着手电照着动手术。而且，刚来的知青年龄又小，又不是专门在医学院学习的医生，没有手术经验。

当时的阻力很大，家里的老人都不同意，因为她是个独生女，万一有个闪失怎么办。

高风刘的两个哥哥都是死在送往医院的途中，为了保住妻子，高风刘决定让孙立哲试一试。

对这个手术，老乡们既怀疑，又希望手术能够成功，当时窑洞门外人山人海。

孙立哲做了这个手术，而且做得很成功，修补了胃的穿孔，把胃里的脏东西洗出来了，然后病人经过一个多星期就完全康复了。

从此，孙立哲的医疗站名扬陕北，络绎不绝的人群挤满了延川县关家庄村。

孙立哲白天要出工劳动，陕北老乡就半夜排队等待他看病，还追到他锄地的田边。那时，几乎每个村民家，都住着七八个来看病的农民。

关家庄村也成了延安出名的医疗村。

在手术过程中，他还多次为病人输血，输血后，再继续做手术。

孙立哲在插队的窑洞里给乡亲们治病，几年中竟做了1000多例手术！

当时，人们编成歌唱孙立哲：

孙立哲插队在关家庄村，
当年是关家庄赤脚医生，
土窑洞里面治大病，
救死还扶伤为人民，

孙立哲没私心，

毛主席的话儿记在心。

一唱孙立哲，哎嗨呦，赤脚好医生，

天天巡诊在山村，土窑里治大病，

天天巡诊在山村，土窑里治大病。

1973 年 12 月 21 日，《人民日报》发表了《下乡知识青年孙立哲给知识青年们的信》。

编者在开头说：

孙立哲同志和他的同学们，到延安地区插队以后，虚心接受贫下中农再教育，努力为贫下中农服务，深受贫下中农的欢迎。

我们向读者推荐孙立哲同志这封信，希望大家读一读。

上山下乡的知识青年同志们想一想从这封信里受到什么样的启发。其他战线的同志们看一看上山下乡的广大知识青年，在农村的广阔天地中，是如何学习、锻炼、成长的。

孙立哲在信中这样写道：

…………

我是 1969 年 1 月，跟 20 名同学一起来到延安地区的一个偏僻小山村，延川县关家庄大队插队落户的。

延安是革命圣地。我无法用文字向你们表达我看到延河、宝塔山时的心情。

我们瞻仰了革命旧址枣园、杨家岭、王家坪、凤凰山，学习毛主席在延安 10 多年的伟大革命实践，受到了深刻的教育。对照毛主席关于"脱下学生装，穿起粗布衣，不惜从任何小事情做起"的教导，我们决心从小事做起，努力为贫下中农服务，同他们一起把革命圣地延安建设得更加美好。

我们这里是山区，交通不便，医疗卫生条件较差，贫下中农生了病，往往要跑 10 多公里路去诊治。有的人因为得不到及时治疗，小病拖成了大病。

看到这种情况，我们知识青年商量，把自己从北京带来的常用药品集中在一起，谁家有了病人，我们就送药上门。这样，使不少生病的贫下中农恢复了健康。

这以后，在贫下中农和同学们的鼓励下，我当上了赤脚医生。不久，我们就办起了大队合作医疗站。

　　孙立哲办医疗站是经过巨大思想感情变化的。

　　孙立哲有一次外出买药，跟他一起去的是个社员。那天正下大雪，跑了30多公里山路，他是精疲力竭。

　　到了镇上，孙立哲说，先找个旅馆歇歇吧。

　　那个社员说："不，公事要紧，先买了药再说。"

　　孙立哲说："那就先到饭馆吃顿饭吧。"

　　那个社员听了，从背包里取出从家里带来的馍说："不要费钱了，饭咱都带着呢！"

　　孙立哲听了以后，很受感动。贫下中农和自己想的就是两样！当天，他们连夜踏雪回村。

　　在路上，孙立哲抢着把药品都背在自己身上。社员发现孙立哲脚板磨出了水泡，二话没说，从自己的棉袄上抓下一把棉花垫到他的鞋里。这让孙立哲当时激动得不知说什么好。

　　下乡4年多，贫下中农对孙立哲的教育、帮助和关怀，使他的思想感情逐渐发生了变化。自那时起，孙立哲就努力向贫下中农学习，并在实践中刻苦钻研医疗技术。为了学会针灸，孙立哲在自己身上练针。同学们也都争着让孙立哲在他们身上练习扎针。在大家的支持下，孙立哲学会了一些基本医疗技术，并为贫下中农治好了不少常见病和多发病。

　　之后，不管白天黑夜，不管暑寒雨雪，只要知道谁生了病，孙立哲就上门治疗。

　　一天夜里，邻队一个贫农的未满周岁的婴儿病危，孙立哲闻讯立即翻山赶到病儿的家中。

孩子因为患中毒性消化不良，处于昏迷状态，必须立即输液。但他们的医疗站没有输液设备，这里离大医院又远，病情危急，不能久等。

孙立哲望着病儿父母焦急的神情，一股感情的热流涌上心头，他决心用注射器给孩子输液。他用手托着针管，跪在病儿身边，慢慢为病儿注射葡萄糖和生理盐水。由于孙立哲的身子不能活动，时间长了，十分疲乏。但是，他凭着顽强的毅力坚持着。

当孙立哲看到孩子慢慢睁开了小眼睛，看到父母脸上的喜色，他感到自己和贫下中农的心贴得更紧了。

不久，外村抬来一个患急性肠梗阻的病人，必须立即开刀。但当时孙立哲不会手术，只好翻山把病人转送医院去。由于路太远，病人在半路上不幸死去了。孙立哲为此心里十分难过，深感自己没有为贫下中农尽到职责。

这件事情激发了孙立哲下定决心：一定要学会做外科手术，为贫下中农服务，为建设新农村出力。

消息传开后，有人嘲笑说："医学院一天也没上过，就想在土窑洞里开刀，太狂妄了！"大队党支部和贫下中农却热情鼓励和支持他。

说实话，像孙立哲这样一个初中毕业生，要学会做外科手术，的确有很多困难。但孙立哲想，一切真知都来源于实践，困难并不是不可克服的。他就是怀着为贫下中农解除病痛的强烈责任感，开始学习做外科手术。

白天，孙立哲给社员看病；夜晚，坚持在煤油灯下翻阅医学书籍和资料。并且他一有空就在自己的衣服、被子、床单上反复练习结扎缝合技术。

孙立哲常这样想：是毛泽东思想的光辉，照亮了我们的土窑洞，使我们在偏僻山村和土窑洞里为人民做了一点有益的工作。"知识分子如果不和工农民众相结合，则将一事无成。""农村是一个广阔的天地，在那里是可以大有作为的。"事实不正是这样吗？

在接受再教育中，孙立哲和贫下中农建立了深厚的感情。知识青年为他们做了一点事，他们便把这些知识青年看得非常重。4 年多来，贫下中农像父母一样关心和照顾他们。孙立哲身体不好，常犯胃病，房东康儿妈特意去镇上买了一块红布，亲手做了一个陕北流行的兜肚儿，让他戴上保暖。有时孙立哲病倒了，贫下中农就做些好饭好菜，并热心护理他。曾让孙立哲做过手术的一位女社员，偷偷量了他的鞋样，做了一双鞋送给他。这位女社员寓意深长地说："我这双鞋，样子不好看，可穿它走咱陕北的山路是最好不过了！"

1972 年 9 月，孙立哲光荣地加入了中国共产党。孙立哲想：我们这一代知识青年肩上的担子是很重的，我们一定要努力学习，勇往直前，不辜负老一辈革命者的殷切期望，把自己锻炼成革命事业的可靠接班人！

孙立哲的"洞中手术"轰动了整个延安，不久消息就传到了北京。

孙立哲的医疗站引起了医学界很大的争议：一群没有经过医科专业训练的青年在实施外科手术，这是一件不可思议的事情。

1973年，北京医学院和北京第二医学院，由院领导亲自带队，组成一个考察团，以严谨科学的态度和高度负责的精神，到孙立哲所在的农村进行实地考察。

考察团进村后，对孙立哲和他的医疗站成员进行面试，并一同参与医治。

最后考察团给予孙立哲的评价是他的医疗水平达到大学毕业标准，有两三年临床经验的正式医疗水平！

中国医学界、舆论界哗然。那一年，孙立哲仅21岁。

1974年11月19日，中共延安地委作出《关于开展向赤脚医生孙立哲同志学习的通知》。他的事迹经报纸、广播宣传后在全国范围内引起巨大反响，成为当时全国知青的先进典型。

1975年，中国医学科学院院长、德高望重的黄家驷教授不顾年迈体弱，亲赴陕北考察孙立哲的医疗技术，并亲自打手电帮助孙立哲做手术。

考察的结果使老教授感慨万分，激动万分，他破例邀请这个老乡们提起来都掉眼泪的大孩子，作为他与吴阶平主编的《外科学》一书的正式编委。

在当时，孙立哲也忍不住掉下了激动的眼泪。

1979年，孙立哲参加高考，报考了北京首都医科大学研究生，并以总分第一名的成绩，考上院长戴士铭和外科教授龚家镇的硕士研究生。

1983 年，孙立哲到美国西北大学攻读医学博士，成了第一批出国的北京知青。

北京知青的先进人物、先进事迹，在延安甚至全国都产生了很大的影响。

周恩来主持延安知青座谈会

1970 年 3 月 10 日，国务院在北京召开了一次"延安地区插队青年工作座谈会"。

原来，北京知青插队到延安的第一个春节期间，在回北京探亲的几位插队青年那里，周恩来了解到，延安人民的生活还很落后，北京知青安置工作中还存在一些具体问题。

当周恩来得知，曾是中国人民解放斗争的总后方，对全国人民有伟大贡献，并以艰苦奋斗著称的延安人民，还处在贫穷落后的境地时，他心情十分沉重，寝食不安。

因此，周恩来亲自主持了国务院召开的"延安地区插队青年工作座谈会"，参加会议的有陕西省及延安地区的主要领导和知青办的负责人，还有北京市领导和中央部委有关单位领导。

这次会议主要讨论加强插队知识青年工作和改变延安地区贫穷落后面貌的问题。

周恩来在会议一开始时提到，是因为有几个在延安插队的北京知青，向他反映了延安的现状和知青上山下乡中发生的一些情况，他感到这些问题很有必要召集有关同志来京了解更翔实全面的情况，共同商讨如何解决北京知青插队落户中遇到的各种问题，以保障上山下乡运动的正常发展。

在座谈会上，周恩来仔细听取了延安各方面的汇报后，他为延安的落后状况、人民生活的困苦而落了泪。

周恩来指出：

> 解放这么多年了，延安人民却还……生活艰难，我当总理的有责任，对延安关注得不够，对不起延安人民。

在会上，周恩来还亲自带领大家和他一起重温了毛主席在 1949 年给延安人民的《复电》。

《复电》号召延安人民自力更生，奋发图强，发扬革命战争时期那种艰苦奋斗的精神，把延安建设好。

周恩来还指示北京市有关单位对口支援延安，并派出大批北京干部到延安，直接深入北京插队知青落户的生产队，协调地方具体解决知青们的各种困难，从思想上、生活上、劳动分配上给予帮助和支持。

会议还作出了决定，严厉打击各种迫害知青上山下乡的行为和犯罪活动，使北京知青们感到了党和政府的温暖关怀，插队同学们的情绪逐步趋向稳定。

在这次延安地区插队青年工作座谈会中反映出的问题具有一定代表性，引起了中央对全国知青工作的高度重视。

3 月 26 日，延安地区插队青年工作座谈会议最后形成文件:《延安地区插队青年工作座谈会纪要》《首都关于支援延安地区社会主义建设的方案》。

这次会议后,遵照周恩来指示,延安地区作出了落实此次会议精神的相应决定。

同时,北京市和中央有关部门商量作出规划,决定以首都人民的名义支援延安,尽快改变那里的面貌。包括:支援延安地区建设"五小"工业;支援延安地区的农田基本建设;支援延安地区发展文化建设等。

北京市每年给延安一定的建设资金,并送来了拖拉机、播种机、扬场机、铡草机、磨面机、背式喷雾器等农业机械3000余台件;解放牌汽车、130工具车、吉普车20余辆;医药用品、医疗器械和毛巾、枕巾、肥皂、洗衣粉等生活日用品;还有国际共运史、政治经济学、近代史、鲁迅杂文选、小说选、土壤学、气象知识、卫生常识、农村科技知识等多种图书3.6万余册。

在周恩来关怀下,北京派出了1000多名北京干部,来延安协助搞好知青的安置教育工作。当北京带队干部出发之后,周恩来让发表一个消息,登在《人民日报》头版上,让各地效仿。

在学习"座谈会"精神后,为了搞好知青安置工作,延安地、县、区都成立了知青上山下乡办公室。公社、大队、生产队都有知青再教育小组。全区知青管理干部队伍300多人。

延安地区先后也派出600多名干部带队和知青们一

起到农村战斗，协助农村社、队做好知青安置工作。

延安地区党组织还把毛主席给延安人民的《复电》，《毛泽东选集》发至社、队，组织知青学政治、学文化、学农业科技知识。

老红军、老党员、老干部当教员，向他们进行"自力更生""艰苦奋斗"革命传统教育，让延安精神永放光芒。

地县党组织组织知青们参观毛泽东在凤凰山、杨家岭、枣园、王家坪革命旧居及延安革命纪念馆。还组织知青们参观昔阳大寨、林县红旗渠、河南郏县大有作为大队和湖南株洲等地。

周恩来的直接关怀，促使延安各项工作发生了巨大变化，也使延安的知青工作迈上了新台阶。

三、 全国知青扎根农村

● 1966 年 12 月 29 日，在刘胡兰烈士墓前，蔡立坚泪如泉涌。于是他当机立断下了决心：返回去，建设杜家山！

● 知青们响亮地说："毛家山石头硬，没有我们的决心硬。就是铁镐下去冒火花，也要让它长出好庄稼！"

● 重庆知青王光照被当地人民亲切地誉为："我们的土工程师。"

广州知青林超强拒绝诱惑

1964 年深秋，一列从广州开往深圳的列车，满载着到边防农村插队落户的知识青年飞快向南驰去。列车上，一位身材结实的青年倚窗而坐，他就是林超强。

辽阔的田野，富饶美丽的南国景色，没引起他多大兴趣。此刻，对上山下乡这条道路的抉择情景，却萦绕脑际。林超强的姑姐、表哥都在香港，一个是公司股东，一个当商店老板，他们写信，希望林超强去香港帮他们的忙，并答应为他办理出港手续。林超强的母亲喜出望外：一心想着儿子的就业问题有着落了。

正在这时，党向广大青年发出了召唤，"到农村去，到边疆去，到祖国最需要的地方去"。

去农村还是去香港，需要林超强抉择。对生活道路的选择，有的人贪图悠闲，追求享受；而有志气、有远大理想抱负的人则相反。

林超强是个有志气的青年，他决定把建设社会主义新农村作为自己终生奋斗的目标。

列车在奔驰。放眼远眺，一片片望不到边的农田流金溢彩，多少勤劳的人民在这广阔无垠的土地上为建设美好的家园而辛勤劳动啊！林超强沉思着，向往着，恨不得马上飞到那插队落户的地方：莲塘大队。

莲塘大队位于梧桐山麓，深圳河上游，与香港新界只有一沟之隔。山脚边，小河旁的铁丝网像一条灰色的游龙朝远处伸展，这就是边界线。

白天，对面挂满五花八门、光怪陆离广告的汽车，在眼前穿梭奔驰；晚上，阵阵声嘶力竭的西方音乐随风飘来，直噪人们的耳膜。林超强就在这特殊的分界线上开始了新的生活。一方面他感到党无比信任他，让他在边防线上战斗，接受锻炼和考验，内心充满了光荣感和自豪感。另一方面，他对自己能否经得起边防前哨的风雨吹打，完成党和人民交给自己的历史使命，又感到任重而道远！他暗暗下定决心，要争口气，做一个坚强的战士，不给新中国的青年一代丢脸！

这时，有人对林超强说："到香港去，能过西方现代化生活，为何要在这里当浅水田螺？""放着港币几千元不赚，却在莲塘大队捞几张人民币，岂不是自找苦吃？"

灯红酒绿的花花世界，诱惑不了林超强；边防线上的风风雨雨，摧垮不了坚强的林超强，相反，更加磨炼了林超强的意志。

下乡以来，林超强做过记工员、出纳员和售货员，也当过生产队长、副大队长、民兵营长和团支部书记。只要是党的需要、群众信任，他都乐意干。林超强多次出席了省、地、县知青积代会，被团省委评为"新长征突击手"，报纸、电台宣传过他的事迹，中央电视台还拍摄过他的电视片。

林超强从没躺在功劳簿上，从不考虑个人得失，只知为建设社会主义新农村埋头苦干。在 1969 年，林超强光荣地加入了中国共产党。

然而，有人却认为林超强是个"傻仔"，是个"怪人"。要说"傻"和"怪"，莫过于 1972 年的那桩事了。

那年夏天，离莲塘较远的西岭下生产队，队长和一些劳动力外逃香港，领导班子瘫痪，人心不定，田地丢荒。那时正值"双夏"大忙，眼看晚造禾苗就有插不下去的危险，在这紧要关头，大队党支部决定派林超强到这个队当生产队长。

当时，林超强已经成了家，有了小孩，要搬到西岭下生产队，会带来一连串的困难和问题。一是住房问题，在莲塘的住所房大屋新，宽敞舒适，到西岭下只能住破旧的房屋；二是经济收入问题，莲塘生产队收入高，到西岭下，夫妇二人一年要减少 300 元的收入；三是以后小孩读书要跑几公里路。

对于大队的决定，是先权衡自己的利害得失，还是勇挑重担，知难而上？林超强的回答是明朗而干脆的："党需要我到哪里，我就到哪里。"

年轻的生产队长，很快地来到了社员群众中间。他发扬党的优良传统，广泛地发动群众，大讲"只有社会主义才能救中国"的道理，挨家挨户和社员促膝谈心，谈边防农村的前途美景，稳住大家的阵脚。下队第二天，林超强就同老农一起，光着膀子下田。那时，全队 13 个劳动力当中，妇女占了 12 个，林超强成了"娘子军"的"党代表"。

为了组织妇女犁田耙田，林超强动员自己的妻子带头下田，经过一个多月连续战斗，终于不违农时地把全队晚造稻田插下去了，秋后获得了丰收。为了彻底改变这里地瘦人穷的落后面貌，林超强和干部、社员一道，跋山涉水，做了改造自然条件的新规划。他们开挖了一条大的排水沟，筑了两条机耕路，购置了一台手扶拖拉机、两台水泵、三部脱粒机，办起了果林场和养猪场，并实行科学种田，初步改变过去粗耕粗作、旱涝失收的状况，西岭下的农业生产不断得到发展。

在林超强的带领下，干部群众同心同德建设边防，发展生产，在四化的道路上飞奔。后来，生产队抽水有抽水机，犁耙田有拖拉机，打稻子有脱粒机，送粮运输有汽车，初步实现了农业机械化。他们还充分利用边防的一些有利条件，开展多种经营，增加了收入，家家户户添置了电视机、收录两用机、电风扇、电饭煲……人民群众的生活水平有了很大的提高。

梧桐山下的桃花开了又落了，大雁飞来又飞去了，转眼到了 1979 年春天。

深圳市成立后，边防农村的经济建设实行了特殊政策，采取了灵活的措施，生产、生活有了新的起色。由于工作需要，林超强夫妇时常要进出香港。

一次，由于工作关系，林超强在香港见到了一个做生意的老板。工作之余，老板"关心"地对林超强说："林先生，依你的才干和胆识，在香港包你三五年便可发达。这次来了就留下来吧。机不可失，时不再来啊。先在香港申请领取身份证再说……"

"请不要误会，我到这里来是工作的需要。我生活美满幸福，不需要申请身份证！"林超强斩钉截铁地作了回答。

从香港回来的那天晚上，林超强翻来覆去不能入睡。当年受到敬爱的周总理邀请参加国庆招待会的幸福情景，又展现在他的眼前。

1975 年 5 月，林超强作为知识青年代表到北京开会。9 月 30 日下午，国务院的一位同志来到林超强的住地，送给他一封请帖：周恩来邀请你今晚出席国庆招待会。

捧着请帖，林超强心里像有只小鹿在跳，一股暖流顿时涌遍全身。难道这是真的吗？一个普普通通的下乡知识青年，竟然受到周恩来邀请参加国宴，这是做梦也没有想到的啊！林超强的眼睛湿润了。他想："周总理日理万机，还无微不至地关怀我们下乡知识青年的成长，我们知识青年一定奋发努力，不负总理的期望和嘱托。"

林超强怀着把边防村寨建设得更加美好的崇高理想，几十年如一日，勤勤恳恳，兢兢业业，从不考虑个人得失，以永不歇脚的战斗步伐，为边防农村早日实现四化作出了贡献。

西安知青戈卫决心当农民

1968 年 12 月 26 日，陕西师范大学第一附属中学高中毕业生戈卫，在浩浩荡荡的上山下乡运动中，同西安的 29 位知青一起，满腔热血，怀揣理想来到了宝鸡县码头村插队落户。

戈卫生于西安一个书香门第。戈卫的父母都是医大的知名教授，父亲是我国最早的为数不多的脑神经外科的专家。母亲为医大的妇产科专家。

戈卫的父母对儿女的要求不是你应不应该做什么，而是不管你做什么都要认真去做。当戈卫决定留在码头村当一辈子农民时，父母只是说："你考虑好，一旦选好这条路，就要走下去。"

1972 年，戈卫当上了码头村村干部。上任后，他和魏文杰一起，带领村民历时 3 年修成了引水渠，引来织女河水用以灌溉，改变了村民耕作靠天吃饭的状况。

在当时，码头村与绝大部分农村一样，在粮食种植上一直徘徊在老品种、老作物、老产量的路子上，2800多亩耕地产量一直保持在 20 万公斤的水平，最低的年份只有 18 万公斤，亩产不足 65 公斤。

戈卫认为，改变低产面貌的途径首先是在粮食品种上下功夫。于是，由戈卫负责的科研室于 1971 年用河南博爱农场和西北农学院的良种育了 10 亩种子田、70 亩试验田。

从整地、下种、施肥到收获的全过程，戈卫都建立了档案记录，详细观察发芽、出土、生叶、锄草、防虫、雨量、光照等生长规律。

1972 年，戈卫又主持繁育了"陕玉六六一"玉米良种 3500 多公斤，"晋杂五号"高粱良种 500 多公斤，20 亩玉米试验田，连续亩产超 500 公斤。

到 1974 年，科学种田之花终于结出了大面积的丰收之果，全大队粮食总产比上年增长 52%，戈卫所在的第三生产队更是增长 69%，创造了亩产率先达到《全国农业发展纲要》规定数量的纪录。到 20 世纪 80 年代初，在粮食生产面积由于发展林果业而减少到 1600 亩的情况下，总产一举突破百万斤大关。

为了增长粮食产量，在农田基本建设的工程中，戈卫在技术性工作上下了很大功夫。他买来水平仪，与一名木工一起白天测量，晚上计算哪块地下挖多少，哪块地上垫多少，一直熬到半夜。当时许多村平地无经验而且图省事，把熟土垫到了下边，生土留在了上边，导致连续几年减产。码头村却刚好相反，他们学习外地经验，不仅把一层一层的梯田修整得如柜子的隔板一样平，而且由于"倒土平地"而年年增产，受到了县委通报表扬。

全国知青扎根农村

戈卫为码头村的生产发展作了很大的贡献，而且他试种了当地从未种过的黑小麦，并且试种成功。于是，戈卫喜滋滋地拿着用这种面粉蒸的馒头挨家挨户请农民品尝。

1978 年，在戈卫的带领下，村里又建成了一座 30 千瓦的小水电站，结束了码头村无电的历史。

面对着贫穷落后的村庄，戈卫把自己融入码头村，在这里扎根奉献几十年如一日。

戈卫作为 12 名参加全国农业学大寨会议的知识青年代表之一，为了坚守那块心灵的净土和自己的诺言，他放弃了招工、回城、转干等机会，甚至放弃了团市委书记的职务，默默奉献，坚守在这片他深爱的码头村。

戈卫已用自己 60 年的生命历程并将继续用未知的全部生涯向世人昭示：自己是一个一言九鼎的老知青、新农民。

后来，当有人问戈卫，当初为什么要留下来时，戈卫说："我不是救世主，但我愿意以这种最贴近农民的方式来感受、推动农村进步。"

问他是否后悔当初的选择时，戈卫说："我从未后悔过，因为它已经成为我的一种生活方式了。人活着就得干点事情，我能做我想做的事情，能按我自己的意愿活着。这种超脱让我的精神世界无比充实。"

戈卫还说："幸福其实就是奋斗过程中的一种美好感觉，就是能够做自己喜欢做的事情，做自己擅长做的事情，做既能造福社会又能实现自身价值的事……"

郑州知青薛喜梅的农民情结

薛喜梅出生在一个普通的工人家庭，她从小就养成了爱劳动的习惯。学习成绩总是全班第一名，但是，她从不骄傲，还爱帮助学习差的同学。

1968年8月24日，薛喜梅和她的伙伴们，响应党的号召，告别了郑州，来到了郊县广阔天地大有作为人民公社，在板厂大队落了户。

薛喜梅和同学们受到了乡亲们的热情欢迎，同时，他们也决心要用自己的双手，去建设一个美好的新板厂。

薛喜梅他们经过实地考察，大胆地向生产队长提出建议：填平那些沟沟洼洼，扩大耕地面积，改变人多地少的局面。合理化建议很快得到了干部和社员的赞同。

当年冬天，板厂大队开始了历史上规模最大的冬季农田基本建设。寒冬腊月，滴水成冰，几耙下去，只在冻土上留下几道白印，一锹下去，冻土飞溅，虎口欲裂。薛喜梅的手背手心，迸开一道道的裂纹，淌出血迹……

薛喜梅和板厂的社员、知识青年们付出了4个冬春的辛勤劳动，终于填平了两条大沟和许多洼坑，扩大耕地面积40亩。全部耕地又平整一遍，还打了机井，旱地变成了水浇田，粮食产量开始逐年上升。到了1979年，已经由原来的亩产 150 多公斤提高到 700 公斤。

1969 年春天，根据队里的规划，薛喜梅又带领全组青年和社员们一道开始了改造汝河滩的战斗。"汝河滩，汝河滩，沙石遍地不见边"。他们冒着席卷沙石的寒风，掀石挖坑，硬是在沉睡千年的汝河滩上，栽起了 30 多亩桃树，60 多亩苹果树和 100 多亩杨树、柳树组成的林园。

薛喜梅从担任知青小组长、妇女队长，到大队党支部书记、公社党委副书记，无论职务有什么变化，她总是严求诸己，处处以身作则。在她的带领下，公社不仅粮食产量稳步上升，还办起了机械厂、面粉厂、造纸厂等，广开门路，多种经营。社员生活也有了很大改善。

薛喜梅到农村后，她学会了犁、耧、耙、锄、扬场等一套农活，挖渠、打井、拉车、挑担样样在行。这对一个城市姑娘来说，绝不是轻而易举的事。但是，喜梅都闯过来了，获得了广大群众的赞扬。人们称她是一个有毅力、能吃苦的犟姑娘。

在薛喜梅刚下乡的秋天，她和社员们一道拉着架子车往县城送公粮。当经过一段下坡路时，车子突然向前猛滑，薛喜梅连忙使劲扶住车把，但是，因坡势太陡，没有刹住，车翻了，车把砸在薛喜梅的左腿上。

社员们赶忙抬起车子，把薛喜梅扶起来，关切地问她砸伤腿没有，但她却一撩头发，一点也不在乎地笑着对社员们说："没事，走吧，我又不是纸糊的。"说罢，拉起架子车就走。当把公粮送到县粮站时，薛喜梅却一下子坐到了台阶上，额头上汗珠直往外冒。人们发现她的小腿又红又肿，把她送到医院一检查，是小腿骨折了。大家无不惊讶、感动。一个年仅十六七岁的姑娘，受这样重的伤，竟能拉300多公斤的车子，坚持走4公里，这需要多么大的毅力啊！

别看薛喜梅对工作、对困难有股犟劲，可对社员胸中却像荡漾着一池春水，深情满怀。

1971年秋天，老农王栓死于胃癌，家里只剩下一个70多岁的妈妈。这位老人的丈夫、孩子都去世了，身边没有一个亲人，生活不便，老人痛苦极了。

薛喜梅对王奶奶的身世十分了解，深感同情，为了使这个不幸的老人晚年过得幸福一些，就在为王栓办完丧事的当天晚上，薛喜梅搬进了王奶奶的家。

从此，薛喜梅给老人烧火做饭、洗衣服、梳头，病了给老人看病煎药，端屎端尿。整整4年，薛喜梅天天如此。王奶奶常常感动地说："喜梅呀，我这一辈子没有孙女，可我觉得你比孙女还亲。"

薛喜梅在农村，用她对农民的深厚感情和忘我工作的行动，获得了广大群众对她的热烈赞扬和信任，并在广大上山下乡知识青年中间产生了很大的影响，成为知识青年的学习榜样。

北京知青蔡立坚自愿落户

1968 年 3 月 21 日，北京长辛店铁路中学学生蔡立坚毅然来到山西省榆次县黄采公社杜家山插队，正式成为杜家山的一名新社员。

蔡立坚原名蔡玉琴，在学校，她是老师非常喜欢的很刻苦和坚韧的好学生。蔡玉琴甘心情愿为班集体扫地、打开水、生炉子，一次能辅导几个甚至十几个后进生，体育成绩也很出色。

初中毕业时，蔡玉琴就曾经赤诚地交过上山下乡的申请书，但学校没有批准。升入高中后，蔡玉琴担任班团支部书记。

1966 年，蔡玉琴给自己改名为立场坚定的"立坚"。蔡立坚觉得应该学习毛泽东主席青年时代徒步考察湖南农民运动的样子，进行徒步考察学习，于是她和同学们组成了考察队。

1966 年底，蔡立坚考察队的同学们在天寒地冻中吃窝头就咸菜，晚上打开背包睡地铺，走过大沙河、滹沱河、娘子关，他们一直坚定地进了太行山区，还专程参观了山西省昔阳县的大寨大队。

这天，长征队急行军到傍晚才停住脚步，可那里的接待站没有下锅的粮食，必须再继续前进 8 公里多才有村庄。

在夜里，他们走着走着迷路了。面对怪吼的山风，扎手的荆棘，陡峭的山路，他们一边开路一边大声唱着《红军不怕远征难》的歌儿壮胆……

在半夜里，长征队来到一个小山村山西省榆次县最边远的杜家山。这个小村一共只有 5 户 17 人，由于交通不便，很少与外界接触。村里人见到北京来的客人，个个热情而好奇，把他们当亲人一样看待。

同学们在此小憩一夜便上路了，可蔡立坚却总觉得应该回去。她看到那里山地很多，大都没有开发，可是农民过的日子却很艰苦，她觉得这是发挥知识青年作用的好地方。因此，在路上，蔡立坚反复琢磨着自己该不该留下来在这里插队。

1966 年 12 月 29 日，在刘胡兰烈士墓前，蔡立坚泪如泉涌，心想：刘胡兰当时也只是一个只有 15 岁的小姑娘，一个比自己更年轻、更稚嫩的生命啊！

蔡立坚敬仰刘胡兰，要学习她，就要勇敢直面升学无路、就业无门的现实。

蔡立坚于是当机立断：返回去，建设杜家山！

这时长征队已离开杜家山 140 多公里了，蔡立坚毅然告别了同学，只身返回杜家山，向乡亲们表示，要扎根杜家山，同他们一起建设好山区。

　　1967 年，群山环绕的杜家山粮食单产不足百斤，人们住的是小窑洞，吃粮靠人推碾子加工，常年伙食就是小米、窝窝和山药蛋，为了买盐打醋、打酱油要跑 10 多公里山路。

　　蔡立坚学着妇女的样子烧柴灶熬小米粥、蒸山药蛋，照着男人的样子学打柴担柴，和男劳力一起破冰担水，到草窑里切草等。

　　一个月后，公社书记郑重地告诉蔡立坚，如果想长期在杜家山就得办理迁户口手续。

　　蔡立坚给家里写信要户口，家里没有回信。她只得返回北京说服亲人，支持她下乡插队。

　　1967 年初春，蔡立坚临回北京办户口的那天早晨，天下起了一尺多厚的大雪。两位乡亲默默地走在前面，用木锨推雪，雪无声地翻卷到两边，中间露出了黄土山路。两位老乡推了整整 3.5 公里的山路，把蔡立坚从山上送到山坡下。

　　这情景定格在蔡立坚的心里，是一幅永远不会褪色的画。她怎么能不回去呢？即使有千难万难，也要回杜家山。

　　这一年，在《人民日报》《红旗》杂志社论中传达了毛主席和党中央的号召：

　　　要大力提倡革命师生、革命知识分子，有

计划地到工厂去，到农村去，实行和广大工农群众相结合。

1967 年 10 月，10 名北京中学生主动前往内蒙古锡林郭勒盟牧区插队落户的消息大大鼓舞了蔡立坚。直到 1968 年 3 月 18 日，北京市知青办等有关部门批准了她的申请。接到批准通知 3 天后，蔡立坚起程回杜家山了。

1968 年 3 月 21 日，蔡立坚正式成为杜家山的一名新社员。

蔡立坚是 1966 年自愿到山西插队落户的第一个中学生，这一年她刚满 19 岁。

在山里的种谷时节，从蔡立坚的母校北京长辛店中学又来了 4 个知识青年。

4 月 10 日，《新榆次报》专刊报道了蔡立坚的事迹。6 月初，《红晋中》报发表"杜家山的新社员"长篇通讯。

7 月 4 日，《人民日报》全文转载了这篇通讯，并加了编者按语，表彰了蔡立坚的革命精神。山西省的主管部门号召全省上山下乡知识青年和工作干部学习蔡立坚的高贵品质。

1968 年 7 月 4 日，大伙儿在锄草歇息时，打开了半导体收音机，忽然听到了中央人民广播电台在播发《人民日报》发表通讯《杜家山上的新社员——记北京知识青年蔡立坚到农村落户》的消息。

　　此后，杜家山不仅飞来无数热情洋溢的信件，也吸引了不少身体力行的年轻人。他们首先恢复了共青团组织建设，像农村青年一样组织了民兵连。

　　早晨，知青们主动为各农户担水，白天下地劳动，晚上学习农业科技书籍。他们的业余文化生活也很红火，不仅能自编自演节目，还能自制幻灯片，翻山越岭为周边的乡亲们演出。

　　蔡立坚在杜家山一干就是 12 年。

　　蔡立坚曾先后担任大队党支部书记、公社党委副书记、中共榆次县委常委、团地委副书记、团省委常委、晋中行署知青办副主任、省委党校班主任等职，当选为全国四届人大代表、共青团十一大代表。

　　北京中学生自愿下乡活动，掀起了一个城镇知识青年与工农相结合的浪潮。

天津知青周作龙改造盐碱地

1968 年 12 月 2 日，隆冬季节，皑皑白雪，覆盖了冀南原野。一辆牛车在风雪平原上缓缓移动，车上坐的是来自天津市的下乡知识青年周作龙还有他的 6 名青年战友。

这天晚上，河北省南和县郄村大队办公室内灯火通明，欢迎的人们济济一堂，掌声、欢笑声响成一片。党支部书记耿同林给青年们讲述了村里的人民群众跟着共产党翻身闹革命、坚定走社会主义道路的战斗历程。

当晚，周作龙躺在床上，心潮澎湃，辗转反侧，思绪万千。他暗暗下了决心：

> 要为建设社会主义新农村贡献出自己的全部力量。

第二天东方刚刚透出鱼肚白，群星还在云缝中眨眼，周作龙就背起粪筐出村了，在大有作为的道路上迈出了坚实的第一步。

在劳动中，周作龙把行李搬进了饲养棚，同脚上有牛屎的饲养员头挨头、身靠身地睡在一个炕上，经常深更半夜起来，帮助饲养员喂牲口。周作龙暗暗激励自己：争取利用一切机会，同农民接近，学习劳动人民的高尚品质，转变自己的思想感情。

这年春节，周作龙没有回天津，在农村和社员一起欢度了新春佳节。从这以后，他6个春节都是在郊村过的。

这年春节前夕，周作龙收到父母的来信，说："你已是5个春节不回家了，今年春节盼你同家人团聚。"

周作龙挥笔疾书，给父母写了回信："腊月二十八、二十九这两天，我们科研小组第一次试种良种小麦。除夕下午，我要帮李奶奶搞大扫除，和李奶奶一块包饺子，一块吃饺子。春节期间拟不回去，请父母原谅。"

就这样，周作龙和社员群众一起在农村欢度了第6个春节。

担任大队农业技术员的周作龙从外地参观回来，怀着"改变郊村面貌"的雄心壮志，和大队干部、老农代表一起进行土壤调查，他们走遍了全村3200亩盐碱地，开了40多次座谈会，绘制出"奋战三年改造盐碱地"的蓝图。

1974年10月21日，平地治碱的战斗打响了。青年们组成了突击队，周作龙担任第四排突击排长，带领50多名下乡青年和全村青年开展社会主义劳动竞赛。

北风呼啸，大雪纷飞，青年们奋力作战。钢钎打断了一根又一根，手上血泡磨起了一个又一个。周作龙边干、边指挥、边鼓动，成了工地上最忙的人。

人们看到，自动工以来，周作龙总提前赶到工地，早拉一车；中间休息了，他还要拉一趟；晚上收工后，他后走一会，再拉一趟。他就是这样，抢时间多做工作。

周作龙在治理盐碱地的 4 个冬春，回家吃饭经常先喝汤，走在路上吃干粮。白天干完一天活，夜晚他又提马灯赶到工地铺土垫路，为第二天的工作创造条件。数九寒天，他穿着单薄的衣裳，干得汗流满面，人们都称他是铁汉子。

一次打井，打到了流沙层，需要立即接钻杆，周作龙主动承担这个危险的任务。突然机器滑挡，靠在钻杆上的长把铁锹猛地向他左腿飞打过去，人被打倒了，殷红的鲜血从一寸多长的口子里流出来。人们要他回去休息，他坚持不休息，人们只好硬是把他搀回去。可是过了不一会儿，他又一拐一拐地出现在打井工地上。

这天晚上，周作龙在日记中写道：

> 艰苦，能磨炼人的意志；勤奋，能使人有双倍的生命。一个人的生命是有限的，而我们的事业却无限长久。只要我们像雷锋那样，把自己的劳动同伟大事业联系在一起，就永远闪烁着耀眼的光辉。

周作龙同干部社员一起，经过几个冬春的艰苦奋战，改造盐碱地 3200 亩，搬走了 16 个大碱岗，填平了 5 条废沟和大小 600 多个土坑，修筑了长达 10 公里的水渠和 35 公里的田间道路，共动土 96 万多立方米。此外，还打机井 44 眼，植树 26 万株，从而使郊村大队的生产面貌发生了深刻变化。

就在平地治碱战斗打响的时候，周作龙光荣地加入了中国共产党。

1975 年春天，周作龙看到报纸上刊登农村大办沼气的报道，兴奋极了。在党支部的支持下，在他的建议下，村里建起了第一个沼气池。为摸清沼气池产气的规律，尽快推广，周作龙不怕粪便沾身，不顾个人安危，多次跳入用粪尿灌注的沼气池中。

周作龙在日记中写道：

> 每次跳入水池，还要在深水中检漏、刷浆，有时冻得浑身打哆嗦，可一想到这是搞肥料、燃料的革命，什么脏、臭、冷，都不在话下了。

这年的 7 月 9 日，天空乌云密布，雨下个不停。天还没亮，周作龙就推开屋门，挑起水桶，一步一滑地为五保户的水缸担满了水。接着，他又找一个新来的知识青年谈心，勉励战友说：

要把人民群众的利益看得比自己的生命还要重千百倍，在农村才能大有作为。

英雄在生命最后一瞬间往往发出这样的誓言：

把人民群众的利益看得比自己的生命还重千百倍。

就在这一天，周作龙为了排除沼气池的障碍，潜入池底，不幸呛水，献出了他年轻的生命。

噩耗震碎了社员群众的心。双目失明的五保户郄大爷拄着棍赶来了，雨水伴着泪水，心疼地说：“作龙啊，这些年来你给大爷担水、磨面，就像照顾自己的亲人一样。大爷看不见你的模样，可看得见你的心啊！”

李贤菊老大娘，手里拿着药瓶，边看边哭：“作龙啊，俺的好孩子，为给大娘买药治病，你跑遍了远近的药店，俺的病好了，你却不在了。”

知识青年们摸着周作龙使用过的闪闪发亮的铁锹，看看用他节省下来的 60 元钱给“青年之家”买的两口小猪，瞧着他给患病知青买的糖块、糕点，更是热泪盈眶，难过万分。

人们怀着沉痛的心情，整理英雄的遗物。周作龙有 3

只箱子，其中两只箱子放的是马列著作、毛主席著作和其他书籍，还有他自己写下的 30 多万字的读书笔记。打开经典著作，每篇都有他阅读时标记的圈圈点点。

7 年来，周作龙 10 多次出席省、地、县召开的下乡知识青年积极分子代表大会，先后 5 次荣获地、县"根治海河劳动模范"的称号，并被共青团南和县委命名为模范共青团员。

周作龙生前亲自规划、亲自参加栽培的一排排白杨树，沿着宽广的机耕路伸向远方，在阳光下生机勃勃，苗壮成长。人们望见这一棵棵挺拔的白杨树，就像是看到周作龙那年轻的身影，朝气蓬勃地继续前进在社会主义大道上。

天津知青改变毛家山面貌

1968 年 12 月 21 日，在听到毛泽东主席发出"知识青年到农村去，接受贫下中农的再教育，很有必要"的号召后，天津市湾兜中学沸腾了。

初二九班的孙双喜和朱金毅共同响应党的号召，已经开始组建"上山下乡长征队"了。毛泽东的号召给了他们极大的鼓舞和鞭策，他们决心继承老红军的革命传统，以"长征"为荣，以"长征"为乐，要坚定不移地步行上山下乡。

到哪里去呢？去黑龙江、西藏？太远不好联系。就在这时，山西在天津接收知识青年的平陆县干部张松青、郑友存赶来了。他们欢迎"长征队"到平陆县去。

知青们说："平陆，平平的陆地。我们不去！我们要到艰苦的地方去！"

张松青说："'平陆不平沟三千，沟底流水垣上干，吃水胜过吃油难。'平陆非常艰苦。中条山上有一个黄家庄大队，就是由 96 个自然村组成的，那里山高、沟深、林密，至今还有狼、山猪、豹子经常出没。你们到那里一定会大有作为的。"

"只要国家有需要，我们就去！"知青们响亮地回答。

经过报名、体检和筛选，3 天之内朱金毅、孙双喜、周存东、宋春元等 20 名男生和丁桂荣、王文珍、王艳婷等 10 名女生，共同组建成"天津市湾兜中学上山下乡长征队"。他们中间最大的 18 岁，最小的只有 15 岁！

15 岁的曹金玲是初一的女生，上山下乡没有她的任务，可她非要申请。第一次没批准，她第二次拉上父母和叔叔又申请还是没批准，第三次她就咬破手指写下血书再申请！为保"长征队"安全、顺利地到达目的地，天津南开区领导特意派出由 1 名干部、1 名工人、1 名医生、1 名记者、2 名解放军和 3 名教师组成的护送小分队，郝广杰当时是护送教师和临时党支部成员。

1968 年 12 月 25 日，天津南开区委和政府为"天津湾兜中学上山下乡长征队"，在天津体育馆举行了 7000 人参加的隆重的授旗、誓师大会。

12 月 26 日，是毛泽东主席诞辰纪念日。"天津湾兜中学上山下乡长征队"高举旗帜、身背行装，雄赳赳、气昂昂地离开家乡天津出发了。

天津市 10 万人夹道欢送他们。参加过两万五千里长征的老红军、南开区委书记马连理走在长征队的最前面。

12 月 30 日，"长征队"到了北京。他们首先列队到天安门前宣誓。1969 年 1 月 2 日，"长征队"从中南海警卫战士手中收到毛主席身边的珍贵礼品：中南海的水、土和葵花种子。

离开北京，"长征队"一路行军一路歌。他们在四八〇〇部队，聆听了军队首长讲天津战役的过程和"全心全意为人民服务先进卫生科"的事迹，首长还教给大家治疗脚起泡的方法。

1月17日，"长征队"在石家庄白求恩烈士墓前学习毛主席的《纪念白求恩》，决心做"一个高尚的人、一个纯粹的人、一个有道德的人、一个有益于人民的人"。

1月26日，"长征队"参观访问了大寨。"长征队"队长朱金毅代表大家把从中南海带来的部分水、土和种子送给大寨人。"学大寨、赶大寨，大寨精神接过来，中条山上建大寨"，也成了"长征队"的誓言。

在大寨，"长征队"知道了平陆县委安排他们到平陆县毛家山安家落户的决定。

然后，"长征队"从大寨前往杜家山。杜家山是北京知青蔡立坚插队的地方，地处太行山中。当时，正是寒冬腊月大雪封山，"长征队"一天只能走20公里路，可队员们很乐观。

1月31日，在杜家山"长征队"队员们见到了知青模范蔡立坚。蔡立坚给队员们上了生动的一课。

翻过太行山，队员们又经过了几天的行军。

1969年2月8日，"长征队"到了毛主席题字"生的伟大，死的光荣"的刘胡兰故乡山西省文水县云周西村。他们拜访了英雄的母亲胡文秀老人，胡妈妈含泪讲述了刘胡兰的生平事迹，使他们受到爱国主义和革命英雄主义的教育。

一路上，知青们克服重重困难前行。途中张振中高烧 39.5 度不掉队，曹金玲腿肿到碗口粗不坐车。

1969 年 2 月 12 日，"天津湾兜中学上山下乡长征队"胜利到达山西省平陆县，这里是曾发生过为抢救 61 个农民弟兄的生命，表现出共产主义崇高风格的光辉事迹闻名全国的地方。

在县里，"长征队"受到了平陆县委书记吉学武等领导和全县城 2000 多名干部群众的热烈欢迎。

经过 51 天长途跋涉和艰苦行军，1969 年 2 月 14 日春节前两天，"长征队"终于上了毛家山。

毛家山的群众和干部早已敲锣打鼓站在山梁上欢迎他们。贫协组长毛兴堂大爷连连说："腊月二十八，娃儿们盼到家。"大娘大婶们也说："日盼夜盼，总算把你们盼来啦！""这回咱毛家山可要变样啦！"

毛家山人把最好的窑洞腾出来让他们住，杀猪、宰羊的，仅当地迎接客人吃的麻花就有 60 多公斤。

1969 年 2 月，"天津湾兜中学上山下乡长征队"在毛家山集体插队之后，护送小组完成了任务后都返回了天津。

只有带队老师郝广杰留下来了，他一直和知青们同吃同住同劳动，早起晚睡为他们操劳，成为知青们的良师益友和榜样。

1970 年 12 月 26 日，郝广杰老师被毛家山大队党支部全体党员一致推选为毛家山大队的党支部书记。

毛家山是山西省运城市平陆县位于中条山的革命老区，只有 32 户人家的小山庄，是个土地瘠薄的穷地方，过去亩产只有 50 多公斤。

知识青年来到之后，和贫下中农一起，制订了建设规划，发出"敢教毛家山变大寨"的誓言。他们说：

> 毛家山石头硬，没有我们的决心硬。就是铁镐下去冒火花，也要让它长出好庄稼！

1970 年 12 月 26 日，郝广杰老师担任了毛家山大队的党支部书记。

为改变毛家山的面貌，郝广杰带领毛家山新老社员一起日夜奋战。郝广杰绘制了《毛家山发展规划》，决心用 10 年的时间把毛家山变成社会主义新农村：

> 点灯不用油，磨面不用牛。
> 砖窑一孔孔，吃水能自流。
> 梯田平展展，满山绿油油。
> 猪牛羊成群，水库任鱼游。
> 机器隆隆响，铁牛遍地走。
> 工农商发展，五业齐丰收。

郝广杰的计划得到县委领导的全力支持。

在多方支持和全村人的努力奋斗下，毛家山第一年把几十亩坡地修成梯田，接着修了10公里公路，架起15公里长的高压线，把拖拉机和电力"请"上了毛家山，同时开展了科学种田活动。

3年时间，粮食总产量由4.5万公斤提高到9万公斤，全队每人平均生产粮食超过500公斤；交售给国家的粮食由6000公斤提高到1.8万公斤。他们还栽种各种果树6000多株，畜牧业也得到迅速发展。

为了改变毛家山十年九旱，人畜用水必须下沟、爬坡到饮水泉去担，老年人"吃水胜过吃油难"的情况，经过3年的艰苦奋斗，他们建造了一条穿山过岭的"五七幸福渠"。

1973年5月7日，甘甜的后山泉水总算通过"五七幸福渠"流进了毛家山。

1973年8月4日，在毛泽东圈阅的中共中央〔1973〕30号文件中，肯定了"从天津市到山西平陆县毛家山插队的30名青年和1名教师，同贫下中农一起艰苦奋斗，粮食总产量3年翻番"的积极贡献。

此后，因各地知青、学生、记者到毛家山参观时，汽车无法上山，平陆县委、县人武部动员全县人民，自带工具等，大干1个月，修了5公里路，修通了通往县城的公路。至此，毛家山人的"通电""通水""通车"的愿望终于实现了。

1973 年 12 月 21 日，《人民日报》在头版头条发表文章，介绍了毛家山天津知青在各级党委的领导和贫下中农的关怀下健康成长、作出贡献的事迹。

从此，毛家山知青的事迹传遍全中国。

各地知青为农村贡献知识

1968 年，在党中央发出"知识青年到农村去，接受贫下中农的再教育"的号召后，抚顺市第十中学品学兼优的学生吴献忠，二话没说，扛起行李，毅然到辽宁省黑山县耿屯一队插队，成为社会主义新型农民。

吴献忠真诚地把农村当成大有作为的广阔天地，把自己当成缩小城乡差距的实践者，她把全部身心都投入到那片热土上，并把名字"吴凤琴"改为"吴献忠"，意为无限忠于农村这块广阔的土地。

从此，春种秋收，她从不吝惜自己的汗水和力气。一年工夫，她就学会了扶犁、点种、收割等农活。她闷着头扬场，一口气能扬 1 万公斤，扬得叫农村小伙子直咋舌。

1970 年秋天，国家开始在下乡知青中招工，耿屯队的贫下中农和知青一致推荐吴献忠。她回答得很干脆："我不走！"而且根本就不去参加招工评议会。有人不理解，说她眼界高，准备上大学。

不久，有大学招生名额下来，全体知青又异口同声推荐吴献忠，可她又把学习的机会让给了别的同学。吴献忠仍朴实地说："我愿意留在农村。"

后来，北大、清华这样的名牌大学也来招生，县、社领导根据贫下中农的强烈呼吁，把吴献忠推荐上去。除了还差她的个人申请书外，已为她办好了入学的其他所有手续。尽管这样，吴献忠还是没有走。

　　她在日记里写下这样的誓言：

　　　　铁下一条心，扎根在农村，甘愿吃尽天下苦，乐把青春献人民。

　　吴献忠确实深深地爱上了那片黑油油的热土。为此，她舍弃亲情，连着 9 个春节没回家跟亲人团聚，调她去市、县做专职团委书记她也不去。

　　她曾说：

　　　　如果有人把农村比作荒山，把城市比作花园，那么，我愿做荒山的开拓者，决不做花园的享乐人。

　　吴献忠的青春誓言"扎根农村，愿做荒山开拓者，不做花园享乐人"不胫而走，而且成为当时全国知识青年中最响亮、最有号召力的口号之一。因此，吴献忠也成为当时知识青年典型中突出的一位。她的事迹也被全国各大报刊报道转载，被人民群众广为传颂。

后来，吴献忠作为辽宁省知青代表参加了党的第十次全国代表大会，并受到毛泽东的接见和赞扬。

1969 年 4 月，17 岁的上海海南中学生朱克家毕业了，他决心要到云南边疆去，在天涯海角作贡献。

不久，朱克家随着浩浩荡荡的知识青年大军，经过半个多月的旅途生活，来到云南省西双版纳傣族自治州，被分配在勐腊县勐仑公社傣族聚居的勐掌生产队插队落户。

在傣族聚居区，生活条件远比上海艰苦，语言不通，生活风俗不同。因为朱克家出生在一家多子女的家庭里，自小就养成了吃苦耐劳的秉性。所以，这些困难并没有难倒朱克家。在劳动中，朱克家很快学会耕地、插秧，还利用空余时间学会了木工，并在不长的时间里，掌握了傣族的语言和文字，他很快就和傣族老乡们打成了一片。

勐掌寨有座高山，山腰有个爱尼族人的山寨叫莫登生产队。莫登生产队的老队长经常下山，找朱克家修理农具，谈山寨的情况。朱克家知道老队长下山一趟很不容易，对他拿来的农具都是随到随修，有时还扛着修好的农具送老队长一程。

一次，老队长下山时，把想请朱克家上山到山寨教书的心事告诉了他。原来，爱尼族的山寨里曾经办过一所小学，但请来的几位教师受不了山寨的寂寞与贫穷的煎熬，都一个个地走了，五六十名学龄儿童只能辍学。

朱克家明知那里条件比勐掌还要艰苦，但他主动向公社党委提出要求，转到莫登山寨去。

1970年12月，朱克家上山了，当他看到用汉文编写的教材学生听不懂时，便刻苦学习逐步掌握了爱尼语。

在这里，他看到爱尼妇女白天劳动，晚上还舂米到深夜，家务劳动繁重，就和几个爱尼族青年设法用手扶拖拉机带动碾米机，减轻了她们的负担。

为了让电灯早日照亮山寨，朱克家利用回上海探亲的机会，搜集安装小型水力发电机的资料，学习电工操作技术，回到山寨后引来山泉，山寨上便有了电。

朱克家还学习了理发、裁剪、蹬缝纫机，修收音机、手电筒、闹钟，为爱尼乡亲们服务，他成为爱尼山寨中最受欢迎的人。

1972年，勐仓公社党委根据朱克家的突出表现，推荐他去昆明师范学院上大学。可是，朱克家却放弃了这次难得的机会，表示要继续留在偏僻的爱尼山寨，要把它建设得更加美好。

后来，朱克家被上海驻云南知青慰问团发现，成为知青扎根农村的典型。

在当时，上海知识青年在全国各地农村的各条战线上，涌现出了一大批先进典型和英雄模范人物，他们成为深受人民群众欢迎、爱戴的带头人。

天津知青张勇保护羊群牺牲

在上山下乡的天津知识青年中，还有一位被人们广为传诵的女知青英雄张勇。

1969 年，18 岁的张勇从天津市四十二中毕业后，学校准备留下她任教，一家报社也看好她，准备招收她当编辑。张勇却回答说："我要到边疆牧区去，到艰苦的地方去！"

张勇积极响应上山下乡的号召，在学校第一个自愿报名到呼伦贝尔大草原插队。张勇的行动感召了一批天津学生，他们纷纷报名加入了上山下乡的队伍中。

4 月 25 日，天津火车站。列车开动了，第一次离开亲人，而且到遥远的草原上去，许多同学忍不住哭了。作为领队的张勇劝说大家要坚强，并且带领大家唱起歌曲《中华儿女志在四方》。一路上，她不停地向大家问寒问暖，还乐此不疲地帮助列车员打扫卫生，为旅客端茶送水。

4 月 28 日，62 名知青到了新巴尔虎右旗额尔敦乌拉公社。面对艰苦的生产、生活条件，一些同学禁不住哭了。这时，张勇又开始做大家的思想工作："越是困难的地方越要去，这才是好同志！"

张勇是女生中第一个申请到最艰苦的牧业生产第一

线，即额尔敦乌拉公社白音宝力格生产大队插队的。

当张勇走进蒙古包，感到一切都是陌生而新鲜的。她在日记中写道：

> 我要做茫茫草原上的骏马，永远奔驰在呼伦贝尔大草原，和贫下中牧一道用自己的双手建设繁荣富强的新牧区！

知识青年到边远的少数民族地区，面临着许多考验，首先要过"三关"：生活关、语言关和劳动关。

那时的蒙古族牧民过的是逐水草而居、逐水草而牧的游牧生活。几辆勒勒车载着全部家当，到哪儿放牧，哪儿就是家。一年四季生活用水非常困难。许多知青舍不得用水洗脸、刷牙，往往一年半载没有条件洗澡。

新巴尔虎的冬天气温常常在零下三四十度。夏天，在一望无际的草原上放牧，没有一棵可以遮阳的树，中午太阳直射，烤得人恨不得找个地缝儿钻进去。

在自然条件如此恶劣、物质条件这般艰难的环境里，张勇无怨无悔地从头学起，以常人难以想象的毅力去战胜一个又一个的困难，很快适应了牧区生活和饮食习惯。

张勇在家时从来不吃羊肉。到了草原，牛羊肉成了主食，喝的是奶茶。她吃不惯也得吃，吃了吐，吐了还得吃，慢慢地适应了牧区的生活。

看着牧民热情的笑脸，张勇却蒙了，她听不懂半句蒙古语。她非常着急，便暗自下决心：一定要学会蒙古语！在她的兜里，总是装着蒙汉两种文字的《毛主席语录》，逢人就问，有时间就学，不到半年就能用蒙古语对话和写作了，她还学会了用蒙古语动听地唱《敬祝毛主席万寿无疆》等歌曲。

在天津偶尔看到拉车的马，张勇都会赶紧远远地躲开。在草原上，马可是人们的腿！放牧、外出哪样也离不开马。有的男知青练骑马时摔折了胳膊腿，女知青为练骑马所受的罪就更别提了。张勇凭着她那坚韧的性格，努力学骑马，掉下来，上去，再掉下来，再上去。不久，被摔得伤痕累累的她，终于征服了骏马。

在冰冷的蒙古包里，张勇却在日记本上写下了自己的乐观精神：

艰苦练就红心赤胆，天做帐篷地做床，风雪呼啸我乘凉！

当张勇看到羊倌们风里来雨里去放牧，感觉放牧可以锻炼自己，就主动跟随羊倌去放牧。

生产队分配给张勇放牧的是 1600 多只一周岁半的羊。放牧时羊群散开，那可是一眼望不到边的一大片呀！既不能把羊放丢、跑散，也不能让狼叼走，往往是顾了东，顾不了西；轰了这边，轰那边；一天下来累得浑身不想动弹。

到了剪羊毛季节，羊倌被抽回来了，知青们要独自放牧去了。张勇拿上套马杆骑马放牧，她非常高兴，这是两个多月来自己第一次一个人去放牧。没走多久，张勇看到羊高兴地吃草，舍不得再赶，就在附近放牧。晚饭时，羊倌却说："你今天放得不好，羊就在这么近的地方吃草？"张勇听了很不好意思。

第二天，张勇一边让羊吃草一边往草原深处赶，一直走到了达赉湖边，在一碧千里的草原让羊群尽情地吃草。张勇和前一天一样的时间赶着羊群往回走，半路上天就黑了，前面还看不到蒙古包的影子。这时，大风刮起来了。羊群都卧倒在地，任凭张勇大声喊使劲赶，但是羊群始终行动缓慢。

这时，羊倌策马赶来，和张勇一起赶羊群。21时40分，张勇和羊倌冒雨把羊群赶入羊圈，她却难过得吃不下饭。羊倌告诉她："放羊要有耐心，太阳快落山的时候，就慢慢让羊群一边吃草一边往回赶……"

还有一天，早上刮起了大风，张勇赶着羊群顶风出门了。张勇记得羊倌说顶风羊群吃不好草，她就赶羊群顺风走，却不料羊群一下散开了。她忘记拿套马杆，而且马也不肯走，羊群一下跑出 3 公里。她就脱下上衣挥舞着刚把一半羊群赶好，另一半又朝山上跑了。张勇东奔西跑，用了两三个小时才把羊群赶到一起，羊倌来换她，筋疲力尽的她一句话也没有说，径直回蒙古包了。

回到蒙古包，张勇感到非常惭愧："这么小的困难都克服不了，怎么能谈到在牧区扎根落户一辈子呢？"张勇坐不住了，又骑上马去看羊群去了。

张勇从到草原的那一天开始，就把牧民群众当成自己的兄弟姊妹和父母亲人。她为少数民族兄弟做的好事有口皆碑。张勇的勤劳善良也深受广大草原牧民的喜欢，他们亲切地给她起了蒙古族名字"乌恩琪"，汉语是"忠诚"的意思。

一次，羊倌说羊生蛆了，要抓来上药。一只小羊羔被抓来，尾巴上生满了蛆。小羊羔猛地一蹿，张勇本能地躲开了。在达赉湖边，张勇看到羊倌老梁手上有血，就关切地询问怎么了？老梁说羊羔生蛆了，他用手清理干净了。张勇听了十分惊讶，回想起自己躲避小羊羔的事情，感觉惭愧极了。此后，张勇主动给生蛆的羊挑蛆、洗伤、上药。给羊洗药浴是牧区最脏最累的活，张勇挽起裤脚，光着脚丫，奋战在浴槽旁。有时羊一挣扎，连人带羊一起掉进浴槽，弄得满身泥水，她也不在乎。

一天，张勇正在放牧中，忽然下起了雨。不远处的一位放牧的老牧民骑马来到张勇跟前，摘下草帽给她戴上。草原上善良的人们深深地打动了张勇，她也用一片真诚回报草原上的人们。

牧民奔布力患有肺结核，丈夫外出放牧，她和年幼的孩子没有人照顾。张勇主动搬到奔布力家居住。白天，她起早贪黑放牧，晚上，她为奔布力做饭、洗衣、挤牛奶、哄孩子、请医买药。奔布力的病情易传染，张勇顾不上自己，而是千方百计不让孩子被传染。奔布力眼含热泪说："你待我比亲人还亲啊！"

张勇在草原住过许多蒙古包。她住到哪里，就把哪里当成自己的家，拉水、做饭、哄孩子、挤牛奶、捡牛粪，什么活都干。

严冬的一天，在贫困的达日玛家，张勇看到她穿得十分单薄，立即将上级发放给她的棉布和棉花拿来相送。达日玛说："你离家这么远，离妈妈这么远，还是留着自己用吧！"

张勇说："还是您收下吧，您穿和我穿一样，这里就是我的家，您就是我的妈妈！"

达日玛感动得热泪盈眶。张勇送的棉布，达日玛舍不得用，叠得整整齐齐放在枕头底下，逢人就拿出来说："这是我姑娘送给我的！"多年后，她拿出棉布睹物思人地说："看到这块布，就像看到我姑娘张勇了一样！"

因为当初生活不习惯，张勇患上了胃病，当听说解放军战士戴金海也患有胃病时，立即将母亲寄给她的药转寄了过去，并且写了一封热情洋溢的信，祝他早日康复。

一次，戴金海专程到白音宝力格生产队找张勇致谢，但是张勇放牧未归。张勇回来听说戴金海吃了药非常见效后高兴极了，她立即给天津家中写信，请母亲购买药品直接寄到部队。

张勇和当地的牧民结下了深厚的感情。她随身背着的挎包里，总是装着针线，看到牧民的衣服破了就给缝补。当地的牧民有许多人都患有风湿病，她就将自己省下的钱寄回家，让家人帮着买药送给牧民。

一次，张勇病倒在一户牧民家。老大娘熬药给张勇喝，并且抚摸着她的头说："你不回天津吗？你不想妈妈吗？"张勇听了，心里不由一阵心酸，但是她看着慈祥的额吉，却动情地说："额吉，我不回天津，也不想家，美丽的草原就是我的家，贫下中牧就是我的额吉阿布！"

1970年6月3日，张勇骑马赶着1500多只羊去放牧。那几天由于天气变暖，克鲁伦河上游的冰层逐渐融化，下游河水暴涨，平时很窄的河床一下子与陆地平了槽，分不清哪儿是河，哪儿是岸了。

一位知青发现张勇不见了，湍急的克鲁伦河岸边放着她的衣服！还有两只浑身湿透打着哆嗦的头羊。

公社主任巴拉吉尔闻讯后，迅速集合民兵往出事地点赶去。

巴拉吉尔派民兵骑马沿着河岸向下游去找，另外派人在粗绳上挂满铁钩，沿河两岸打捞，从当天中午打捞到天黑，又点燃无数支火把继续搜寻。连续5天没有任何痕迹，直到第6天人们才在距离出事地点30多公里外的河湾处，发现了张勇的尸体。

打捞上来后，人们看到她头巾仍扎得很紧，发辫也没有松开，手里还抓着一只死羊。经旗里有关部门和法医检查鉴定，张勇是为了救落水的头羊而跳到水里的。

当时如果不把头羊拽上岸，羊群就会跟着头羊继续落水，那就会造成大批羊只被河水冲走的损失。估计她是在救上两只头羊后再去救第三只羊时，被湍急的河水冲倒，不会水的她就这样被冰凉的河水吞没了。

张勇牺牲前20天，她在日记中写道：

> 金训华是革命青年的光辉榜样，为抢救国家战备物资献出了宝贵的青春。和英雄相比，自己是多么渺小啊！接受贫下中农的再教育就要迎着困难上，抢着重担挑，在艰苦的工作中，经过痛苦的磨炼，把自己改造成工农兵所需要的人。

张勇牺牲后，草原牧民和知青将她安葬在额尔敦乌拉山顶，让她和草原为伴，长眠在克鲁伦河畔。

张勇插队的白音宝力格生产大队被当地命名为张勇生产队。

中共新巴尔虎右旗委员会核心小组根据张勇遗愿，追认她为中国共产党党员。

1970年10月，黑龙江省授予张勇革命烈士称号，并且颁布《关于学习张勇同志英雄事迹的决定》的文件。天津市号召全市广大革命群众向张勇同志学习。

1971年2月25日，《天津日报》刊发了黑龙江省张勇事迹联合报道组采写的长篇通讯《笑迎草原暴风雪壮丽青春献人民》，详细报道了张勇的英雄事迹。

3月17日，《人民日报》《北京日报》刊发了新华社通稿《壮丽青春献人民》。接着，全国各地报刊相继刊发了张勇的英雄事迹。黑龙江省和天津市成立了张勇事迹展览馆，广泛宣传张勇的英雄事迹。

张勇的多篇日记也被改成了歌曲，有一首《我爱祖国的大草原》当时在全国被广泛地传唱：

我爱呼伦贝尔大草原，红旗如海绿浪无边。

红太阳光辉照亮牧区，我催马儿飞向前……

张勇的英雄事迹还被创作成诗歌、歌曲、剧本、对口词、连环画等作品，成为当时激励人们报效国家的生动教材。张勇成为全国上山下乡知青的典型和榜样，也成为人们永远崇敬、怀念和学习的英雄模范！

重庆知青王光照成土工程师

1969 年，知识青年王光照从重庆市来到川南的叙永县后山公社插队落户。从此，他把自己的青春，毫无保留地献给了山区的水利建设，被当地人民亲切地誉为："我们的土工程师。"

与云贵接壤的叙永县南部山区，崇山峻岭，常年干旱，农业生产长期处于很低的水平。这里真的缺水吗？不！终年湍流不息的冷水河就在离旱区只有几公里路远的地方。由于被荔枝湾大山阻隔，只好让河水在峡谷中白白地流掉了。

多可惜呀！什么时候才能把河水拦腰截住，让它为人民服务呢？

这一天终于盼到了。

1970 年 10 月，一支支民工队伍，怀着豪情壮志云集工地，打响了兴修冷水河大堰的第一炮。

知识青年王光照，多么渴望自己能够投入这场改天换地的斗争啊！他的要求被公社党委批准了。

在这偏僻的山区，要建设一个地跨两县、10 个公社，引灌 6 万亩，排洪 4000 亩，发电 1600 千瓦的综合性水利工程，确实是一个了不起的浩大的工程。摆在指挥部面前的最大困难，是技术力量严重不足。

王光照来到工地不久，就被抽去学测量施工。

对只有初中文化程度的王光照来说，什么罗盘仪、经纬仪、水平仪、平板仪等多种仪器，连见都没见过，当然就更谈不上使用了。但是，这个上进心很强的青年，有一股初生牛犊不畏虎的劲头，决心把测量施工的技术真正学到手。

白天，他和同伴们一起，身背仪器，肩扛标杆，翻山越岭，披荆斩棘，战斗在悬崖峭壁、深山老林和灌木丛中，全神贯注地向技术员学习测量方法，熟悉各种仪器的构造和性能，反复练习读数和计算。

晚上，收工回到工棚，他又如饥似渴地阅读有关测量方面的书籍，系统自修三角、几何等课程，很快便初步掌握了各种仪器的操作要领。

通过进一步的学习和实践，王光照在标杆标尺、选点定线、绘图制图、水工建筑、规划设计等方面，都能完成上级交予的任务，逐步成为冷水河大堰上测量施工的一名骨干力量。

1971年11月，冬季突击施工即将展开，领导交给王光照一项技术性较强的补桩复测任务。

王光照严肃认真，一丝不苟，在整理测量成果时，还发现一些标桩高程和原来测得的数据有很大出入。王光照生怕是自己弄错，不厌其烦地复测，结果表明自己的测量是正确的。

经有关部门审查批准，纠正了标桩高程数字，从而避免了返工事故的发生。王光照得到了指挥部的嘉奖。

打通800多米长的蒿枝湾隧洞，是冷水河大堰的咽喉工程，关键所在。为了加快进度，打算在井下实现机械作业。上级给大堰调来了电钻、柴油机和发电机等多种机器。机器运到了，却找不到人安装，只好眼睁睁地看着它"休息"。

正当指挥部为难的时候，王光照自告奋勇地又来请战了。

接受任务后，王光照便带领安装组的十几名青年，跑遍了周围几十里路远的厂矿单位，到处求师学艺。

回到工地，他又和安装组的同志一起，摊开机器安装说明书，对照着模仿，边看边装，装错了又拆，拆了又装。

夜深了，别人都睡觉了，王光照还在微弱的灯光下聚精会神地攻读《机械原理》《电机常识》等书籍，寻找解决问题的答案。

凭着那青春的活力，靠着那百折不挠的顽强精神，王光照带领全组，终于在指挥部规定的时间内，把机器安装好了，并自行设计、装配了机电控制屏、井下线路，从而实现了井下机械作业，大大加快了工程进度。

打通了蒿枝湾，引来了"龙洞水"，使近两万亩农田在1975年提前受益，这是广大民工建设者们辛勤劳动的结晶，也凝结着王光照这名知识青年的聪明和智慧。

冷水河大堰环山渠道，全长107公里，蜿蜒曲折，环绕在群山之间，它要跨越两座渡槽，穿过 17 个隧洞，不少地段都是在极其坚硬的岩石上施工，工程艰巨。一直战斗在工程第一线的王光照，在艰险和死亡面前，多次挺身而出。

他那青春的火花，也在战胜一次又一次的艰险中，闪烁着耀眼的光芒。

1971 年 12 月，一次爆破后，王光照站在 50 多米高的崖边上，往下撬那一块块松动的石头，由于用力过猛，被钢钎弹下崖去。

眼看一场死亡事故就要发生，只见王光照滚到山腰时，抓住了一棵小树，王光照得救了！

大家这才松了一口气。

王光照爬上来，继续战斗，民工们无不为他这种顽强精神所感动。

1972 年 7 月 28 日，蒿枝湾隧洞内发生了中毒事故。正在机器房内的王光照，一听说民工杜相伦和屈仲飞被熏倒在洞里，便只身奔向洞内抢救。当他跑到洞中时，自己也开始中毒。

在这关键时刻，突然在他脑子里闪出一个念头：“妈妈昨天来电报说，她今天要从重庆赶来看我。妈妈来了，还能见着我吗？”

王光照有些迟疑了，但一转念：“救人要紧，时间就是生命！”

王光照飞步跑到隧洞深处，终于把奄奄一息的杜相伦找到了。王光照迅速将他从地上抱起，背在背上，十分艰难地向洞外一步步地挪去。

碰上赶来的援救人员后，王光照把背上的人交给别人，不顾自己已经精疲力竭，又和大家一起再次冲入洞内，终于把屈仲飞也救出来了。

1973年8月的一天深夜，人们都已进入梦乡，突然，电闪雷鸣，倾盆大雨不停地直泻下来，造成山洪暴发。工棚侧边的水沟，正好被割来翻盖工棚的山草堵塞，山洪无法流走，汹涌的洪水直往工棚冲来，40多位民工的生命和财产受到严重威胁。

一位民工发现了这一险情，大声呼喊，王光照从睡梦中惊醒。

他一骨碌从床上爬起，不顾被洪水冲跑的危险，立即跳进了齐胸深的水口，用尽全身力气，抽走那堵在水口处的一捆捆山草，让洪水从水沟排出。

在王光照的带动下，大家齐心抢险，经过1个多小时的激战，险情被排除了。

随着冷水河大堰引灌工程的初步完成，1976年3月，工程指挥部又给王光照下达了一项更加光荣而艰巨的任务：参加筹建双山水电站，负责技术方面的工作。

肩负着党和山区人民的重托，王光照更加发奋工作。他和电站的同志们一道，在有关部门的大力支援下，仅用了8个多月的时间，就初步完成了主体工程、机器安装和部分调试工作。

正当他满怀信心地把调试工作搞完，准备发电的时候，妈妈来信了，告诉他自己即将退休，希望儿子回城顶替。

王光照接到妈妈的来信，心情就像大海的波涛，一直平静不下来：是回城工作，还是继续留在农村？这个问题一直翻腾着。

他多么想回到父母身边，照顾年迈的父母，让他们愉快地度过晚年。但一想到要离开这战斗了将近 10 年的冷水河大堰，离开这朝夕相处，与之建立起深厚感情的山区人民时，他又犹豫了。在这即将发电的节骨眼上，怎么能搁下担子，半途而废呢?!

强烈的事业心，像一块磁铁，深深地吸引着这位有理想、有抱负的年轻人。

经过激烈的思想斗争，王光照决定说服妈妈，自己继续留在山区！王光照的思想平静了，他又继续投入了工作。

双山电站一号机组功率 1000 千瓦，是一台未经全面试验的试制品，许多地方不完善，安装以后长期发不出电来。

解决这个问题，对于只有初中文化程度的王光照来说，比起学测量施工和安装机器，不知困难多少倍。在地、县有关部门技术人员的指导下，王光照虚心学习，刻苦钻研。

在进行调试的日日夜夜里，王光照熬红了双眼，累得胃病经常发作，前后花了将近一年的时间，经过 50 多次调试，终于在 1978 年 3 月，初步调试成功了。紧接着，王光照又对调整曲线不够平滑、机组发不够额定的功率因数等遗留问题作了妥善处理，使整个装置逐步完善起来。

这项成果，不仅为国家节约了上万元的资金，而且在技术上为调试这种型号的电机取得了成功的经验，为山区发展小水电设备闯出了一条路子。目前，双山电站正以每年 250 万度电的强大电流并入电网，支援四化建设，同时也为山区带来了光明。入夜时分，星星点点的夜明珠，闪烁在山乡的村村落落。

为了表彰王光照在兴修冷水河大堰工程中作出的成绩，叙永县把他选为出席地区科学大会的代表，又作为地区的代表，出席了四川省科学大会。

赤峰知青柴春泽愿扎根农村

1971 年，当时隶属于辽宁省的赤峰市，正在动员中学毕业生上山下乡。此时，柴春泽是赤峰市第六中学的毕业生，又是市学生代表。于是，柴春泽马上在校园贴出了上山下乡决心书。

1971 年 12 月 22 日，柴春泽以知青代表的身份在千人大会上表决心：要与同学们一起下乡到翁牛特旗玉田皋乡。同月，柴春泽被选为知青点负责人。

当时，翁牛特旗玉田皋乡是个穷地方，大片的盐碱地，粮食产量极低。而且，这里的农村住的是茅草房，睡的是凉土炕，有时吃的是玉米饭泡盐水，生活艰苦、劳动繁重。

柴春泽目睹了贫困农村农民的生产生活状况，决心用智慧和汗水改变这里的贫困落后面貌。

1973 年 6 月，柴春泽光荣地加入了中国共产党，并担任了大队党支部副书记、公社党委副书记。

在 1973 年下半年，辽宁省开展了向吴献忠学习的活动，动员知青扎根农村。

8 月 31 日，柴春泽作为知青代表，在全盟有线广播大会上表了决心，表示要"扎根农村奋斗 60 年"。

9 月 2 日，当柴春泽回到知青点后，同学交给他一封父亲写来的信。父亲在信上，让柴春泽准备招工回城。

柴春泽认为，省里正在开展向吴献忠学习，动员知青扎根农村的活动，自己作为知青代表刚表明要"扎根农村奋斗60年"的决心，怎么能说一套做一套呢。柴春泽作出了决定，便给父亲写回信，表明了自己在盟里开会发言时讲过的观点，拒绝了父亲让他回城的意见。

同时，柴春泽身为知青点负责人，他觉得父亲思想上的问题，在一些家长中很有代表性，柴春泽便把父亲的信和自己写的复信在青年点拿出来公开讨论，鼓舞战友们扎根农村干革命的雄心斗志。

柴春泽在担任公社党委书记后，下决心改变乡里的面貌。柴春泽首先带领社员平整土地，1973年10月5日至10月28日，利用14天时间集中全大队和下府孤山子等兄弟大队的部分人员搞大会战。从玉田皋大队入手，除掉旧的不合格林带4条，平掉旧渠4条，2万余土方量。将全大队5200亩耕地建成四位一体和三位一体的16个正方、10个斜方林网地。

后来，柴春泽还带领社员，新开支渠6条，新开斗渠6条，排碱渠1条。新营造防护林主带6条，副带6条，为玉田皋改种水田打下了坚实的基础。

1975年，柴春泽参与翁牛特旗玉田皋首创改种水稻组织领导工作。秋天，50亩水稻试验成功了，这是玉田皋历史上第一块水田。多年躺在炕上的老人，让子孙用毛驴车拉着去看水稻，不少人说："这下玉田皋乡可能要大变化了，它就是一块铁板，也要改变。"

得到群众的认可，阻力减少了，可大面积种水稻，水从何来？柴春泽向辽宁省水利局和翁牛特旗农牧组提出在红山水库搞引水工程。

1975 年年底，经昭乌达盟、翁牛特旗有关领导的努力，辽宁省特批了"白玉引水渡槽工程"。1976 年 10 月 1 日，全长 400 多米，横跨南北空中引水渡槽竣工。

1976 年，从红山水库引水，翁牛特旗东部种了 1700 亩水稻，使昔日贫瘠的土地变成了鱼米之乡，实现了一代知青"坎下粮仓"的理想。

四、 中央加强知青工作

● 1970 年 5 月 12 日，中央转发了毛主席批示的《关于进一步做好知识青年下乡工作的报告》，从而使得各地知青都不同程度地受到了当地的重视、保护和关怀。

● 1973 年和 1974 年，中共湖南省委两次在株洲市召开全省知青工作会议，肯定和推广厂社挂钩、集体安置知识青年这一做法。

中央号召做好知青下乡工作

1969 年，国务院召开的跨省、区知青安置协作会议上，对知识青年安置的开支标准制定原则。随后，财政部综合各省、市、区的意见，根据这一运动的进展状况，经与主管部门研究，对安置费的开支项目和标准，作出统一规定：

国家拨付的安置费，主要用于城镇下乡人员的建房补助、生活补助、工具购置补助、旅运费和学习材料费等。安置费以省、市、自治区为单位计算，平均每人不超过下列标准：

单身插队、插场的，南方每人 230 元，北方每人 250 元。

成户插队、插场的，南方每人 130 元，北方每人 150 元。

参加新建生产队、新建扩建国营农场和集体所有制"五七"农场的劳动力，每人 400 元（含部分建设资金）。

家居城镇回乡落户的，每人补助 50 元。

同时，对知识青年跨省安置的路费、到高寒地区插队的冬装费重新作了规定：

> 组织跨省、跨大区下乡的，每人分别另加
> 路费 20 元、40 元，从关内跨省到高寒地区插队
> 的，每人补助冬装费 30 元。
>
> 安置经费属国家专款专用，由各省、市、
> 自治区财政部门按照已经下乡的人数，规定的
> 开支标准和实际花钱进度，分期分批地进行拨
> 付。除动员地区使用小部分外，其余归安置地
> 区县、社统一掌握使用，不发给个人，不准挪
> 作他用。

安置费各地标准不一。为了管好用好安置费，国家
还制定了"财务公开，民主管理，群众监督"的原则：

> 下拨到生产大队的安置费，由党支部领导下的"三
> 结合"小组负责进行监督；安置经费要单独立账，专款
> 专用，严格收支手续；对于安置经费的收支情况，要定
> 期公布，接受贫下中农和下乡知识青年审查监督。

除拨付安置经费，在日用品供应、口粮供应、食油
供应方面也作出相应规定。

上述措施表明，国家为开展这场运动确实费尽心思，
而且花费了巨大财力。

1970 年 5 月 12 日，中央转发了毛泽东批示的
［1970］26 号文件，即《关于进一步做好知识青年下乡

工作的报告》。

"报告"强调：

一是各级党组织要把做好下乡知识青年工作摆到重要位置上来。

二是报刊、广播要加强对下乡知识青年先进事迹的报道。

三是推广江西省派干部带领知识青年下乡的经验。

四是城乡要密切配合，互相支持，共同做好工作。

五是因陋就简，就地取材，解决下乡青年住房问题。

六是打击破坏上山下乡的坏人坏事。

文件下达后，各省、市、自治区普遍加强了对知青工作的领导，切实解决了一些实际问题。各大城市还向插队知青集中的村队派出了带队干部，使得各地知青都不同程度地受到了当地的重视、保护和关怀。

7月9日，《人民日报》发表《抓好下乡知识青年的工作》的社论。

在响应中央号召中，全国许多工作专区、市、县召开了上山下乡讲用会、积极分子代表会，交流学习毛泽东主席著作和再教育的经验，表彰先进，树立样板，推

共和国故事·青春无悔

动上山下乡工作的深入发展。

有些省、市、自治区，如辽宁、黑龙江、安徽、广东、广西、天津、北京还召开了规模较大的动员会或积极分子代表会。

通过传达和动员，城乡人民和知识青年普遍加深了对知识青年到农村去的认识，增强了自觉性，许多家长积极支持子女下乡，形成以农为荣的新风尚。

劳动局组织学习先进经验

1971 年 7 月中旬，国家计划委员会劳动局组织北京、上海、天津、辽宁、广东、陕西、四川等省、市安置部门负责人到扬州、上海学习城市配合农村做好"再教育"工作的经验。

扬州市琼花区是全省配合"再教育"工作的一个先进单位。这个居民区的群众，人人支持上山下乡，为下乡知青做好事蔚然成风。

他们制定了《配合农村做好下乡知识青年"再教育"工作条例》，使这一工作更加经常化。地、市对这个典型进行大力推广。

上海市在近 3 年里上山下乡的知识青年达 74 万多人。全市上下发扬负责到底的精神，积极配合兄弟省区做好下乡青年的教育巩固工作。

他们组织应届毕业生到郊县、工厂、医院，开展学农、学工、学医的"三学"活动，为上山下乡打好基础。

在"教子务农立新功"的响亮口号下，推广了"教子务农小组"写红色家信的活动。层层召开教子务农讲用会、代表会，表彰先进，教育群众。

上海市委选派 1600 名干部到重点安置上海青年的黑龙江省黑河地区落户插队。

同时，还向云南、贵州、安徽、吉林四省派出 600
名干部，组成长期学习慰问团，协助当地做教育巩固工
作。编印 140 多万册学习材料，免费发给下乡青年学习。
支援各地大量农机具和一些急需的药物。

到扬州、上海两地参观完之后，各省学习的代表说：
"我们没有想到的，人家已经做到了，我们碰到的问题，
人家已经解决了。"

各地代表回去之后，省、市主要负责人都听取了汇
报，立即采取措施，开展学上海、赶扬州，进一步落实
中央"再教育"的文件。

各地通过开展报告会、图片展览等形式，深入街道、
学校介绍"再教育"成果，从而又一次兴起上山下乡
高潮。

1974 年 6 月 12 日，《人民日报》发表《厂社挂钩集
体安置知识青年到社队农林茶场的调查报告》和《大有
希望的事业》的短评，肯定了"厂社挂钩、集体安置知
识青年"的安置方式。

原来，在 1972 年，株洲市委针对知识青年插队落户
中存在的问题和困难，进行了深入调查和总结。

在调查中他们发现，知青所在公社党委，把知识青
年相对集中安置到公社林场，并选派几名队干部带队和
贫下中农作农业生产指导。这样来，较好地解决了下乡
知识青年在生产、生活、管理等方面存在的问题。

株洲市委在总结湘江机械厂与株洲县太湖公社春风

113

茶场直接挂钩、集体安置知识青年的经验的基础上，作出"厂社挂钩、集体安置知识青年"的决定。

全市各单位积极响应，相继建立了 40 多个知青点，先后安置知青达 2.9 万多名。

在当时，厂社挂钩、集体安置知识青年的做法，也受到国务院知青办和中共湖南省委的肯定与支持。

1973 年和 1974 年，中共湖南省委两次在株洲市召开全省知青工作会议，肯定和推广这一做法。

1975 年 11 月 17 日，《人民日报》刊登了中共株洲市委《发挥知识青年在农业学大寨运动中的积极作用》的经验。各地学习推广湖南株洲市厂社挂钩、集体安置知青的经验，独立核算的集体所有制知青农场和知青创业队发展较快，成为当时安置知青的较好方式。

在 1974 年，上海市的农场发展很快，职工已近 20 万人，其中绝大部分是中学毕业生，要求读书学习的愿望很迫切。

在 1974 年 3 月，上海市有 8 个农场的共青团委书记联名提出创办农场业余大学的倡议，立即得到上海市委的重视，在有关方面共同努力下，办起了业余大学。

到 1974 年年底，上海市国营农场、川沙等县的公社也办起了 6 所业余大学和 4 所农民业余大学。

农场业余大学的教学内容以农为主，兼学其他课，开设有政治、语文、农业生产知识、医疗卫生等方面的课程。学员自愿报名，领导批准。

共和国故事·青春无悔

各业余大学聘请农场中工人、农民、技术人员担任兼职教师。同时，还在市里统一安排下，挑选 1000 人，经 7 所高校短期培训后担任专职教师。一些业余大学还根据推广新技术的需要，开设了各种技术短训班。

此后，全国各地也纷纷仿效上海市创办农场业余大学。在 1974 年，广西壮族自治区就办起近 680 多所知青业余学校，参加学习的知青达 5.8 万人。

业余大学解决了农场知青学习理论和科学技术知识的需要，为农村的发展起了很大的促进作用。

毛泽东在知青的信上批示

1975 年 9 月 15 日，12 名下乡知识青年代表，在山西省昔阳县国务院召开的第一次全国农业学大寨会议结束后，联名写了《给毛主席、党中央的这一封信》。

信的大致内容如下：

敬爱的毛主席、党中央：

  我们来自全国各地的 12 名下乡和回乡知识青年，怀着十分激动的心情，参加了具有重要意义的全国农业学大寨会议。这充分体现了伟大领袖毛主席和党中央对全国千百万下乡和回乡青年的亲切关怀，使我们受到了极大的教育和鼓舞。回去之后，我们一定要把毛主席、党中央的亲切关怀和殷切期望转达给广大知识青年。我们一定行动起来，投身到轰轰烈烈的农业学大寨运动中去，为普及大寨县、实现农业机械化贡献自己的青春。遵照伟大领袖毛主席的指示，我国国民经济的发展，要在 1980 年以前，建成一个独立的、比较完整的工业体系和国民经济体系；在 20 世纪内，全面实现农业、工业、国防和科学技术的现代化，使我国国民经济走在世界的前列。

当前，我国的社会主义革命和社会主义建设正处在重要的历史发展时期，全国农业学大寨的群众运动也发展到了一个新的重要阶段。我们这一代青年人，负有重大的历史使命，真是形势逼人。我们现在大都二十几岁，再过20年才四五十岁。这一阶段，正是我们精力充沛、大有作为的时期。我们为自己能够参加建设现代化强国这场伟大斗争而感到无比自豪！为了实现这个目标，我们决心同旧的传统观念实行最彻底的决裂，要向大寨青年学习，牢固地树立铁心务农的思想，立志做一代有社会主义觉悟的、有文化的新农民。

敬礼

天津邢燕子　云南朱克家　河南薛喜梅河北程有志　辽宁柴春泽　黑龙江高崇辉　陕西戈卫　新疆肉孜古丽　江苏曾昭林　广东林超强　安徽张登龙　四川刘裕恕

1975 年 10 月 20 日

10 月 27 日，毛泽东看到这封信后，作出批示：

应发表。可惜来的人太少，下次应多来一些。

在公开发表的前一天，邓小平在这封信上批示：

建议全文或摘要在报纸上发表，以鼓励下乡知识青年。

10月28日，《人民日报》《光明日报》《北京日报》同时发表了《给毛主席、党中央的一封信》，全国各地纷纷转载。

在千百万上山下乡的知识青年中，有的知青后来当上了民办教师，成为贫乡僻壤中一颗传播文化的种子；有的当上了"赤脚医生"，为缺医少药的农民排忧解难，解除病痛；有的成了农业技术人员，在农业科技的研究和应用上作出了可喜成绩；有的被推选为生产队会计、保管，成了农民和农村的"好管家"；有的被选拔到农村的各级领导岗位，成为深受农民欢迎、爱戴的带头人；有的则在社队企业中积极奉献、大显身手，成为星罗棋布的乡镇企业的开拓者、奠基人。

在当时农村的各条战线上，都涌现出了一大批先进典型和英雄模范人物。

历史将永远铭记他们的功绩和英名！

本书主要参考资料

《中国知识青年上山下乡大事记》顾洪章主编 人民
　日报出版社

《中国知识青年上山下乡始末》顾洪章主编 人民日
　报出版社

《知青心中的周恩来》侯隽著 人民日报出版社

《风云七十年》郭德宏主编 解放军文艺出版社

《共和国开国岁月》张国星 何明著 中共党史出版社

《华夏金秋》柏福临主编 吉林大学出版社

《中南海三代领导集体与共和国科教实录》张湛彬
　主编 中国经济出版社